Filho de Jesus

Denis Johnson

Filho de Jesus

tradução
Ana Guadalupe

todavia

Para Bob Cornfield

*When I'm rushing on my run
And I feel just like Jesus' Son...*

Lou Reed, "Heroin"

Desastre de carro no meio da carona 11
Dois homens 19
Sob fiança 32
Dundun 38
Trabalho 43
Emergência 52
Casamento sujo 66
O outro homem 75
Happy Hour 82
Mãos firmes no Seattle General 89
Beverly Home 93

Desastre de carro no meio da carona

Um vendedor que dividia bebida dormiu ao volante e perdeu o controle... Um cherokee mamado de uísque... Um fusca que é quase uma bolha de haxixe, guiado por um universitário...

E uma família de Marshalltown que bateu de frente com outro carro e matou para sempre um homem que estava saindo de Bethany, Missouri, pelo lado oeste...

... Eu levantei todo encharcado porque tinha dormido debaixo de uma chuva torrencial, e não muito lúcido, graças às três primeiras pessoas que mencionei — o vendedor, o índio e o universitário —, todas as quais tinham me dado drogas. No topo da rampa de entrada eu esperei, sem expectativa de conseguir carona. Por que eu sequer dobraria o saco de dormir se eu estava molhado demais pra alguém me deixar entrar num carro? Coloquei o saco sobre o ombro como um manto. O toró castigava o asfalto e borbulhava nas canaletas. Meu pensamento caótico era digno de pena. O vendedor tinha me dado umas pílulas e a sensação era de que tinham raspado as paredes das minhas veias. Minha mandíbula doía. Eu conhecia cada pingo da chuva pelo nome. Eu percebia tudo que ia acontecer antes da hora. Eu sabia que um Oldsmobile específico ia parar pra me dar carona antes mesmo de ele diminuir a velocidade, e pelas vozes meigas da família que estava lá dentro eu sabia que íamos sofrer um acidente no meio do temporal.

Eu não liguei. Eles disseram que podiam me levar até o fim.

O homem e a esposa colocaram a menininha na frente com eles e deixaram o bebê no banco de trás comigo e com meu saco de dormir ensopado. "Eu vou te levar, mas não vou correr muito", o homem disse. "Estou com a minha esposa e as crianças, é por isso."

Tinha que ser com vocês, eu pensei. E coloquei meu saco de dormir encostado na porta esquerda e dormi apoiado nele, sem me importar se ia sair dali vivo ou morto. O bebê dormia solto do meu lado no banco. Ele devia ter uns nove meses.

... Mas antes de tudo isso, naquela tarde, eu e o vendedor tínhamos descido pra Kansas City no carro de luxo dele. Tínhamos desenvolvido uma relação de camaradagem cínica e meio perigosa no Texas, onde ele tinha me pegado na beira da estrada. Mandamos pra dentro toda a anfetamina que ele tinha, e de vez em quando a gente parava no acostamento da rodovia e comprava mais uma garrafa de Canadian Club e um saco de gelo. O carro dele tinha suporte de copo nas duas portas e o interior era todo de couro branco. Ele disse que ia me levar para passar a noite na casa onde morava com a família, mas que primeiro queria passar pra ver uma mulher que ele conhecia.

Sob as nuvens do Centro-Oeste, que pareciam grandes cérebros cinzentos, a gente saiu da autoestrada se sentindo à deriva e chegou a Kansas City na hora do rush com uma sensação de navio encalhado. Assim que desaceleramos, o encanto de viajar juntos se extinguiu. Ele ficou falando sem parar da namorada. "Eu gosto dessa menina, acho que eu amo essa menina... Mas tenho dois filhos e uma mulher, então tenho os meus compromissos. E, pra piorar, eu amo a minha mulher. Eu tenho o dom de amar. Eu amo os meus filhos. Eu amo todos os meus parentes." Quanto mais ele falava, mais eu me sentia rejeitado e triste: "Eu tenho uma lanchinha de dezesseis pés. Tenho dois carros. Nosso quintal tem espaço pra fazer uma piscina". Ele conheceu a namorada no trabalho.

Ela era gerente de uma loja de móveis, e a essa altura eu parei de prestar atenção.

As nuvens continuaram do mesmo jeito até a noite cair. Aí, no escuro, eu não vi a tempestade vindo. O motorista do fusca, um estudante universitário, o mesmo que encheu a minha cabeça com aquele tanto de haxixe, me deixou logo antes da entrada da cidade bem quando estava começando a chover. Apesar da anfetamina, eu mal conseguia parar em pé. Deitei na grama junto da rampa de saída e acordei no meio de uma poça que tinha se formado ao meu redor.

E depois, como eu já disse, dormi no banco de trás enquanto o Oldsmobile — a família de Marshalltown — avançava espirrando chuva pra todo lado. E ainda assim eu sonhei que estava enxergando de olhos fechados e que minha pulsação marcava os segundos. Naquela época, a rodovia interestadual que cortava o oeste do Missouri não passava de uma estrada de mão dupla, ou a maior parte dela, pelo menos. Quando um caminhão semirreboque veio na nossa direção e foi para o sentido oposto, fomos atingidos por um jato ofuscante e uma barulheira daquelas de quando a gente passa no lava-rápido. Os limpadores de para-brisa se levantavam e se deitavam sobre o vidro quase que em vão. Eu estava exausto, e depois de uma hora caí num sono mais profundo.

Eu desde o começo sabia tudo o que ia acontecer. Mas o homem e sua esposa me acordaram mais tarde, se negando furiosamente a admitir.

"Ah... *não!*"

"NÃO!"

Fui lançado contra o encosto do banco dianteiro com tanta força que ele quebrou. Comecei a me balançar para a frente e para trás. Um líquido que eu soube na mesma hora ser sangue humano voou pelo carro e choveu na minha cabeça. Quando acabou eu estava de novo no banco de trás, como antes. Eu me ergui e olhei ao redor. Nossos faróis tinham se apagado. O radiador emitia um chiado contínuo. Fora isso eu não conseguia escutar mais nada. Até onde eu sabia, eu era a única pessoa consciente ali. Quando meus olhos se acostumaram ao escuro, vi que o bebê estava deitado do meu lado de barriga para cima, como se nada tivesse acontecido. Estava de olhos abertos, passando as mãozinhas no rosto.

Pouco depois o motorista, que estava caído sobre o volante, se endireitou no banco e olhou pra gente. Ele estava com o rosto todo arrebentado, tingido de sangue escuro. Olhar pra ele fez meus dentes doerem — mas quando ele começou a falar não pareceu que tinha quebrado dente nenhum.

"O que aconteceu?"

"A gente sofreu um acidente", ele disse.

"O bebê está bem", eu disse, embora não tivesse a mínima ideia do estado do bebê.

Ele se virou para a esposa.

"Janice", ele disse. "Janice, Janice!"

"Ela tá bem?"

"Ela morreu!", ele disse, sacudindo a mulher com força.

"Não, ela não morreu." Agora era eu que estava querendo negar tudo.

A filhinha deles estava viva, mas tinha apagado. Ela soltava uns gemidinhos, inconsciente. Mas o homem continuou sacudindo a esposa.

"Janice!", ele berrou.

A esposa gemeu.

"Ela não morreu", eu disse, saindo do carro com dificuldade e correndo dali.

"Ela não está acordando", eu o ouvi dizer.

Eu estava em pé aqui, no meio da noite, com o bebê no colo, não sei por quê. Ainda devia estar chovendo, mas não lembro nada do tempo. Tínhamos batido num outro carro no que agora eu via ser uma ponte de pista dupla. No escuro, não dava pra ver a água lá embaixo.

Indo na direção do outro carro eu comecei a ouvir grunhidos rasgados, metálicos. Alguém tinha sido lançado pela porta do passageiro, que estava aberta, e estava com metade do corpo para fora, como quem se pendura de um trapézio pelo tornozelo. O carro tinha sido atingido na lateral e ficado tão amassado que não havia espaço lá dentro nem para as pernas dessa pessoa, que dirá para um motorista ou qualquer outro passageiro. Eu só continuei andando.

Vi faróis vindo de muito longe. Consegui chegar até o fim da ponte, acenando com uma mão para pararem e segurando o bebê junto do meu ombro com a outra.

Era um semirreboque bem grande, e as engrenagens rangeram quando ele freou. O motorista abriu a janela do lado dele e eu gritei: "Aconteceu um acidente. Vai buscar socorro".

"Eu não consigo virar aqui", ele disse.

Ele me deixou entrar com o bebê e ficamos ali sentados no banco do passageiro, olhando as ferragens iluminadas pelos faróis.

"Todo mundo morreu?", ele perguntou.

"Não sei dizer quem morreu e quem não morreu", eu confessei.

Ele pegou uma garrafa térmica, serviu-se de um copo de café e apagou todas as luzes, menos as lanternas.

"Que horas são?"

"Ah, umas três e quinze", ele respondeu.

Pelo jeito, parecia que ele era partidário da ideia de a gente não fazer nada. Fiquei aliviado e triste. Eu tinha achado que seria obrigado a fazer alguma coisa, mas não queria descobrir o quê.

Quando outro carro apareceu, vindo da direção oposta, pensei que eu devia falar com as pessoas. "Você pode ficar com o bebê?", perguntei ao motorista do caminhão.

"É melhor você continuar com ele", ele disse. "É um menino, né?"

"Olha, eu acho que é", eu respondi.

O homem que estava pendurado pela janela do carro batido ainda estava vivo quando passei, e eu parei, agora um pouquinho mais ciente de que ele estava mesmo bem estropiado, e garanti que não havia nada que eu pudesse fazer. Ele estava grunhindo muito alto, de um jeito escabroso. O sangue saía borbulhando pela boca cada vez que ele respirava. Ele não ia respirar por muito mais tempo. Eu sabia disso, mas ele não, e por isso olhei e examinei a grande lástima que era a vida de uma pessoa neste mundo. Não me refiro ao fato de que todos acabamos morrendo, não é essa a lástima. Eu me refiro ao fato de que ele não podia me contar o que estava sonhando, e eu não podia dizer a ele o que era realidade.

Não demorou para que houvesse carros parados nos dois sentidos, nas duas extremidades da ponte, e faróis que deixavam os destroços fumegantes com clima de noite no estádio, e ambulâncias e viaturas de polícia costurando devagar e fazendo o ar pulsar colorido. Eu não falei com ninguém. Meu segredo era que nesse curto intervalo de tempo eu tinha deixado de ser o presidente dessa tragédia e me tornado um espectador anônimo de um acidente sanguinolento. Em um dado momento um policial descobriu que eu era um dos passageiros e colheu meu depoimento. Eu não me lembro de nada disso, só lembro que ele me disse "Apaga o cigarro". Paramos de falar por um instante para ver o homem moribundo sendo colocado na ambulância. Ele continuava vivo, continuava naquele sonho obsceno. O sangue escorria em filetes. Seus joelhos tremiam e sua cabeça balançava.

Não tinha nada de errado comigo e eu não tinha visto nada, mas o policial precisou me interrogar e me levar para o hospital de todo jeito. Avisaram pelo rádio da viatura que o homem tinha morrido bem quando chegamos ao toldo da entrada do pronto-socorro.

Fiquei parado em um corredor de azulejos com meu saco de dormir molhado amassado na parede ao meu lado, falando com um cara que trabalhava na funerária da região.

O médico parou pra me dizer que era melhor eu fazer um raio X.

"Não."

"Agora é o melhor momento. Se você tiver alguma coisa depois..."

"Não tem nada de errado comigo."

Lá veio a esposa andando pelo corredor. Estava gloriosa, ardente. Ainda não sabia que o marido tinha morrido. A gente sabia. Era por isso que ela exercia tanto poder sobre nós. O médico a levou para uma sala com uma mesa no final do corredor, e de debaixo da porta fechada uma nesga de brilho emanava como se, graças a algum processo extraordinário, alguém estivesse incinerando diamantes lá dentro. Que pulmão! Ela guinchou como eu imaginava que uma águia guincharia. Estar vivo para poder ouvir aquilo foi sensacional! Eu estava à procura daquela sensação em toda parte.

"Não tem nada de errado comigo" — me surpreende que essa frase tenha saído da minha boca, mas sempre tive a tendência de mentir para os médicos, como se para ter boa saúde bastasse saber enganá-los.

Alguns anos mais tarde, quando certa vez fui internado no centro de desintoxicação do Seattle General Hospital, usei a mesma tática.

"Você tem ouvido sons ou vozes incomuns?", o médico perguntou.

"Socorro, por Deus, tá doendo!", as caixas de algodão gritavam.

"Não exatamente", eu disse.

"Não exatamente", ele repetiu. "E o que é que isso quer dizer?"

"Não estou preparado pra falar dessas coisas", eu respondi. Um pássaro amarelo bateu as asas perto do meu rosto e meus músculos se retesaram. Nesse momento comecei a me debater como um peixe. Quando fechei os olhos com força, lágrimas mornas saíram explodindo das órbitas. Quando os abri, eu estava de bruços.

"Como a sala ficou tão branca?", perguntei.

Uma enfermeira linda estava com as mãos na minha pele. "Isto aqui é uma vitamina", ela disse, e espetou a agulha até achar a veia.

Chovia. Samambaias gigantes se debruçavam sobre nós. A floresta vinha descendo por um morro. Eu ouvia um riacho correndo por entre pedras. E vocês, seus ridículos, ainda esperam que eu vá ajudar vocês.

Dois homens

Conheci o primeiro homem quando estava voltando para casa depois de um baile no Salão dos Veteranos de Guerras Estrangeiras. Meus dois amigões estavam me levando para fora. Eu tinha esquecido que meus amigos tinham ido comigo, mas de repente eles apareceram. Mais uma vez odiei os dois. Nós três tínhamos virado um grupo por algum equívoco, algum mal-entendido muito simples que ainda não tinha vindo à tona, e por isso continuamos nos fazendo companhia, indo a bares e conversando. Geralmente essas falsas alianças acabavam depois de um dia, um dia e meio, mas essa durou mais de um ano. Mais tarde um deles se machucou quando estávamos arrombando uma farmácia, e os outros dois o deixaram sangrando na entrada dos fundos do hospital, ele foi preso e todos cortaram relações. Depois pagamos a fiança e o tiramos da cadeia, e depois de mais um tempo ele foi absolvido, mas a gente tinha aberto o peito e mostrado nossos corações covardes, e é impossível manter uma amizade depois de uma coisa assim.

Nessa noite no Salão dos Veteranos de Guerras Estrangeiras, eu tinha empurrado uma mulher para trás do ar-condicionado imenso enquanto estávamos dançando, e ali a beijei, abri a calça dela e enfiei a mão lá dentro. Ela tinha sido casada com um amigo meu até um ano antes disso, mais ou menos, e eu sempre achei que um dia a gente ia acabar se engraçando, mas o namorado dela, um homem ruim, magro e inteligente a quem eu, por acaso, me sentia inferior, deu a volta no ar-condicionado, nos lançou um olhar furioso e disse para ela ir pro carro. Tive medo de ele tomar alguma atitude, mas ele desapareceu tão rápido quanto ela. Passei o resto da noite me perguntando, a cada segundo, se ele ia voltar com os amigos e fazer alguma coisa dolorida e degradante acontecer. Eu estava com um revólver, mas nem por isso pretendia usá-lo. Era uma arma tão ordinária que eu tinha certeza de que ela ia explodir na minha mão se eu puxasse o gatilho algum dia. Então isso só servia para me deixar ainda mais humilhado — depois as pessoas, geralmente homens, na minha imaginação falando com mulheres, iam dizer: "Ele tinha uma arma, mas nem chegou a tirá-la da cintura". Eu bebi o máximo que pude até que o grupo de música country parou de cantar e tocar e as luzes se acenderam.

Eu e meus dois amigos fomos procurar o meu fusquinha verde e demos de cara com o homem de quem eu estava te contando, o primeiro homem, num sono profundo no banco de trás.

"Quem é esse?", perguntei aos meus dois amigos, mas eles também nunca o tinham visto.

Acordamos o homem, e ele se sentou no banco. Ele era meio fortão, não alto o suficiente para bater a cabeça no teto do carro, mas tinha o tronco muito largo, uma cara grande e o cabelo escovinha. Ele não queria sair do carro.

Esse homem apontou para as próprias orelhas e boca, indicando que não podia ouvir nem falar.

"O que as pessoas fazem numa hora dessas?", eu disse.

"Bom, eu vou entrar. Chega pra lá", Tom disse para o homem, sentando-se com ele no banco de trás.

Eu e o Richard nos sentamos na frente. Nós três nos viramos para o novo acompanhante.

Ele apontou para a frente e tombou o rosto, apoiando-o no dorso das mãos juntas, mostrando que queria nanar. "Ele só quer uma carona pra casa", eu deduzi.

"E daí?", Tom disse. "Dá uma carona pra ele." Tom tinha traços tão fortes que seu gênio parecia pior do que já era.

Usando a linguagem de sinais, o passageiro nos mostrou o caminho. Tom repassava as coordenadas, porque eu não podia olhar o homem enquanto dirigia. "Vire à direita… aqui à esquerda… ele quer que você vá mais devagar… ele tá procurando o lugar…" e assim por diante.

As janelas do carro estavam abertas. A noite amena de primavera, depois de vários meses de inverno congelante, era como um estrangeiro baforando na nossa cara. Levamos nosso passageiro até uma rua residencial onde cada botão de flor irrompia bem da ponta dos ramos e as sementes gemiam nos jardins.

Quando ele saiu do carro, a gente percebeu que o cara era parrudo feito um chimpanzé e suas mãos pareciam estar penduradas, como se ele de repente fosse agachar e começar a andar de quatro. Ele seguiu tranquilo até a entrada de uma casa específica e bateu à porta. Uma luz se acendeu no segundo andar, a cortina se mexeu e a luz se apagou. Ele tinha voltado para junto do carro, dando uma batidinha no teto, antes que eu pudesse dar partida e deixá-lo ali.

Ele se jogou na frente do meu fusca e pareceu desmaiar.

"De repente ele errou a casa", Richard opinou.

"Não posso dirigir com ele assim", eu disse.

"Acelera", Richard disse, "e pisa no freio."

"O freio não tá funcionando", Tom disse ao Richard.

"O freio de mão funciona", garanti a todo mundo.

Tom já tinha perdido a paciência. "É só você sair com o carro que ele cai."

"Não quero machucar o cara."

Resolvemos o impasse colocando o homem no banco de trás, onde ele ficou jogado, encostado na janela.

Agora não tínhamos saída a não ser lidar com ele. Tom deu uma risada sarcástica. Todos os três acendemos um cigarro.

"Lá vem o Caplan pra dar um tiro nas minhas pernas", eu disse, olhando apavorado para um carro que veio da esquina e passou por nós. "Achei que fosse ele", eu disse, à medida que as lanternas traseiras sumiram pelo quarteirão.

"Você ainda está todo preocupado por causa da Alsatia?"

"Eu beijei ela."

"Não tem nenhuma lei que proíba isso", Richard disse.

"Não é com o advogado dela que eu estou preocupado."

"Eu não acho que o Caplan goste dela tanto assim, a ponto de te matar, ou algo do tipo."

"O que você acha disso tudo?", perguntei ao nosso colega bêbado.

Ele começou a roncar de um jeito exuberante.

"Esse cara não é surdo de verdade... Ou é? Hein?", Tom perguntou.

"O que a gente faz com ele?"

"Leva ele pra casa com a gente."

"Eu que não", eu disse.

"Mas um de nós devia."

"Ele mora aqui", eu insisti. "Deu pra saber pelo jeito que ele bateu na porta."

Eu saí do carro.

Fui até a casa, toquei a campainha e saí da varanda, olhando a janela do segundo andar no escuro. A cortina branca voltou a se mexer e uma mulher disse alguma coisa.

Todo o corpo dela estava invisível, exceto pela sombra da mão na barra da cortina. "Se vocês não tirarem ele da nossa rua eu vou chamar a polícia." Fui invadido por um desejo tão intenso que pensei que fosse me afogar. A voz dela falhou e desceu flutuando.

"Peguei o telefone. Já estou discando", ela avisou, num tom delicado.

Pensei ter ouvido um motor de carro em algum lugar não muito longe dali. Voltei correndo para a rua.

"Que foi?", Richard perguntou quando entrei no carro.

Faróis viraram a esquina. Fui atravessado por um espasmo tão forte que o carro balançou. "Meu Deus", eu disse. O interior do carro se iluminou, de modo que por dois segundos teria sido possível ler um livro. As sombras das manchas de sujeira no para-brisa projetaram listras no rosto do Tom. "Não é ninguém", Richard disse, e a escuridão voltou a se fechar depois que aquela pessoa, fosse quem fosse, passou.

"De qualquer forma, o Caplan não sabe onde você está."

Num só golpe, o susto tinha calcinado todo o sangue das minhas veias. Amoleci completamente. "Eu vou atrás dele, então. Vou resolver isso de uma vez."

"De repente ele nem liga... sei lá. Quem sou eu pra saber?", Tom disse. "Por que a gente tá falando dele, afinal?"

"Talvez ele te perdoe", Richard disse.

"Ah, não, se ele me perdoar a gente vai virar chapas e o escambau", eu disse. "Só quero que ele me faça pagar pelo que eu fiz e pronto."

O passageiro não se dava por vencido. Gesticulava sem parar, tocando a própria testa e as axilas e meio que girando sem sair do lugar, como um técnico de beisebol gesticulando para seus jogadores. "Olha", eu disse, "eu sei que você consegue falar. Não tenta enganar a gente."

Ele nos guiou por essa parte da cidade e depois falou para irmos na direção dos trilhos do trem, onde quase ninguém morava. Aqui e ali havia barracos mal iluminados, entranhados no fundo dessa escuridão. Mas a casa em frente à qual ele me falou para parar não tinha luz, a não ser pelo poste da rua. Não aconteceu nada quando buzinei. O homem que estávamos ajudando só ficou ali sentado. Ele tinha passado todo esse tempo expressando diversos desejos, mas não tinha dito uma só palavra. Parecia cada vez mais que ele era o cachorro de alguém.

"Vou lá dar uma olhada", eu disse a ele, fazendo uma voz maldosa.

Era uma casinha de madeira com dois postes na frente fazendo as vezes de varal. A grama tinha crescido, e a neve a tinha coberto, e depois o degelo a tinha descoberto. Não me preocupei em bater, só fui até a janela e olhei lá dentro. Havia uma só cadeira, sozinha diante de uma mesa oval. A casa parecia abandonada, sem cortinas, sem tapetes. Espalhadas pelo chão havia coisas brilhantes que eu pensei que deviam ser lampadazinhas queimadas ou cápsulas de balas. Mas estava escuro e nada era claro. Espiei a casa até meus olhos ficarem cansados e eu começar a pensar que identificava desenhos espalhados pelo chão, como contornos de corpos de vítimas ou marcações de rituais estranhos.

"Por que você não entra?", perguntei pro cara quando voltei para dentro do carro. "Vai lá olhar, ué. Seu mentiroso, seu babaca."

Ele levantou um dedo. *Um.*

"Quê?"

Um. Um.

"Ele quer ir em mais um lugar", Richard disse.

"A gente já foi em mais um lugar. Esse lugar aqui. E foi uma palhaçada."

"O que você quer fazer?", Tom perguntou.

"Ah, vamos de uma vez aonde ele quiser ir." Eu não queria voltar pra casa. Minha esposa tinha mudado muito, e a gente tinha um bebê de seis meses que me dava medo, um filhinho.

O próximo lugar a que o levamos ficava isolado na Antiga Rodovia. Eu já estivera nessa estrada mais de uma vez, e a cada vez ia um pouco mais longe, e nunca tinha encontrado nada que me fizesse feliz. Alguns amigos meus tinham sido donos de uma fazenda por ali, mas a polícia havia feito uma batida no lugar e mandado todos pra cadeia.

Essa casa não parecia fazer parte de uma fazenda. Ficava a mais ou menos trezentos metros da Antiga Rodovia, e a beira do alpendre chegava até a estrada. Quando paramos na frente da casa e desligamos o motor, notamos que lá dentro estava tocando música — jazz. Soava sofisticada e solitária.

Fomos todos até a varanda com o homem silencioso. Ele bateu à porta. Tom, Richard e eu nos postamos ao lado dele, a uma distância mínima, muito sutil.

Assim que a porta se abriu, ele foi entrando na nossa frente. Nós o seguimos e paramos, mas ele seguiu direto para o próximo cômodo.

Só avançamos até a cozinha. O cômodo seguinte tinha uma luz baixa e azulada, e dentro dele, pela soleira da porta, vimos uma cama alta que era quase um beliche gigante, na qual várias mulheres de aparência espectral estavam deitadas, uma em cada canto. Uma que era igualzinha às outras saiu pela porta desse cômodo e ficou encarando a gente com seu rímel escorrido e seu batom borrado por um beijo. Ela estava de saia, mas sem blusa, só de sutiã branco, como uma modelo de lingerie numa revista para adolescentes. Mas era mais velha. Olhando pra ela eu pensei em como seria sair andando pelo campo com a minha esposa na época em que estávamos tão apaixonados que nem sabíamos o que era aquilo.

Ela limpou o nariz, um gesto sonolento. Em menos de dois segundos veio ao seu auxílio um homem negro que batia um par de luvas na palma da mão, um homem muito grande que me olhava de cima sem me ver, com o sorriso impassível de quem acabou de tomar alguma droga.

A jovem disse: "Se vocês tivessem avisado com antecedência, a gente teria falado pra não trazer ele".

O acompanhante dela achou aquilo o máximo. "Que jeito lindo de falar isso."

No cômodo atrás dela o homem que tínhamos levado até ali estava parecendo uma escultura malfeita, parado numa pose afetada com os ombros caídos, como se não aguentasse mais carregar aquelas mãos gigantes.

"O que deu nesse cara?", Richard perguntou.

"Não importa o que deu nele enquanto ele mesmo não entender o que foi", o homem disse.

Pode-se dizer que Tom deu risada.

"O que ele faz?", Richard perguntou para a garota.

"Ele é um jogador de futebol americano muito bom. Ou era, pelo menos." Ela estava com uma expressão cansada. Não dava a mínima para aquilo.

"Ele continua sendo bom. Continua fazendo parte do time", o homem negro disse.

"Ele nem estuda."

"Mas poderia voltar pro time se estivesse na escola."

"Mas ele nunca vai voltar pra escola porque ele se fodeu, cara. E você também."

Ele sacudiu uma das luvas de um lado para o outro. "Eu já sei, obrigado, meu bem."

"Você deixou a outra luva cair", ela disse.

"Obrigado, linda, também já sei", ele disse.

Um garoto grande e forte que tinha bochechas vermelhas e cabelo louro com corte militar veio se juntar a nós. Tive a impressão de que ele era o dono do lugar, porque estava segurando a alça de uma caneca de cerveja verde que era quase do tamanho de uma lixeira de escritório e tinha uma estampa com uma suástica e um cifrão. Esse toque personalizado dava a impressão de que ele estava em casa, como Hugh Hefner de pijama nas festas da *Playboy*.

Ele sorriu para mim e balançou a cabeça. "Ele não pode ficar. A Tammy não quer ele aqui."

"Tá, seja lá quem for a Tammy", eu disse. Perto daquela gente estranha eu me sentia com fome. Senti o cheiro de algum tipo de perversão, um rastro de uma poção que ia acabar com tudo o que me afligia.

"Agora seria um bom momento pra tirar ele daqui", o grande anfitrião disse.

"Como é o nome dele, afinal?"

"Stan."

"Stan. Ele é surdo mesmo?"

A garota soltou um grunhido impaciente.

O garoto deu risada e disse: "Essa foi boa".

Richard bateu no meu braço e olhou para a porta, indicando que devíamos ir embora. Percebi que ele e Tom tinham medo daquelas pessoas e de repente também tive. Não que elas fossem fazer alguma coisa com a gente; mas perto delas a gente meio que sentia que só tinha feito merda na vida.

A mulher me fez mal. Ela parecia tão macia, tão perfeita, como um manequim feito de carne, inteirinho de carne.

"Vamos largar ele. Agora", eu gritei, correndo em direção à porta.

Eu já estava no banco do motorista, e Tom e Richard estavam na metade do caminho, quando Stan saiu da casa. "Deixa o cara! Deixa o cara!", Tom gritou, entrando depois de Richard, mas o homem já estava com a mão na maçaneta quando eu comecei a manobrar o carro para sair.

Eu acelerei, mas ele não desistia. Ele até conseguiu me ultrapassar por um momento, e virou o rosto e olhou bem na minha cara pelo para-brisa, fazendo um contato visual psicótico e me lançando um sorriso sarcástico, como se dissesse que ia ficar com a gente pra sempre, correndo cada vez mais rápido e soprando nuvens a cada fôlego. Depois de cinquenta metros, quando estávamos chegando à placa de "pare" da estrada principal, eu pisei fundo mesmo, pra ver se me livrava dele, mas só consegui arremessar o cara na placa. A cabeça dele foi com tudo, o poste quebrou como se fosse um graveto e ele se estatelou no chão. A madeira devia estar podre. Sorte dele.

Nós o deixamos pra trás, um homem cambaleando num cruzamento onde antes havia uma placa de "pare". "Eu achei que conhecia todo mundo nessa cidade", Tom disse, "mas nunca tinha visto aquele pessoal."

"Antigamente eles eram atletas, agora são viciados", Richard disse.

"Galera do futebol. Eu não sabia que eles ficavam assim." Tom estava olhando para trás, para a estrada.

Parei o carro e todos nós olhamos para trás. Quatrocentos metros atrás da gente, Stan estava parado entre as plantações sob a luz das estrelas, como se estivesse com uma ressaca horrível ou tentando encaixar a cabeça de volta no pescoço. Mas não era só a cabeça, era tudo nele que tinha sido arrancado e jogado no lixo. Não era à toa que ele não ouvia nem falava, não era à toa que não queria nada com as palavras. Tudo nesse sentido já tinha sido consumido.

Ficamos olhando para ele e sentimos que éramos três velhas solteironas. Ele, por outro lado, era a noiva da Morte.

Fomos embora. "Não conseguimos fazer o cara falar nada."

Eu e o Tom passamos o caminho todo criticando o Stan.

"É que você não entende. Ser líder de torcida, fazer parte do time, isso não garante nada. Qualquer um pode dar azar e acabar na pior", disse Richard, que já tinha sido quarterback no ensino médio ou algo assim.

Assim que chegamos à entrada da cidade, onde os postes de luz começavam a aparecer, eu voltei a pensar no Caplan e a ter medo dele.

"Acho que é melhor eu ir atrás dele, em vez de esperar", eu disse para o Tom.

"De quem?"

"Quem você acha?"

"Você não pode deixar isso pra lá? Acabou. Sério."

"Posso. Tá, tá."

Seguimos pela Burlington Street. Passamos pelo posto de gasolina vinte e quatro horas na esquina da Clinton. Um homem estava entregando dinheiro para o funcionário, ambos em pé junto do seu carro sob uma luz sulfurosa bizarra — aquelas lâmpadas de vapor de sódio eram novas na cidade naquela época —, e o pavimento ao redor deles estava cheio de manchas de óleo que pareciam verdes, enquanto o velho Ford dele nem sequer tinha cor. "Vocês sabem quem era aquele?", perguntei para Tom e Richard. "Era o Thatcher."

Dei meia-volta o mais rápido que pude.

"E daí?", Tom disse.

"E daí que tem isso aqui", eu disse, revelando o 32 que eu nunca tinha usado.

Richard riu, não sei por quê. Tom colocou as mãos sobre os joelhos e suspirou.

A essa altura Thatcher já tinha entrado no carro dele. Parei diante das bombas na direção oposta e abri minha janela. "Comprei um daqueles quilos batizados que você estava vendendo por vinte paus ano passado, na semana do Ano-Novo. Você não me conhece, porque aquele fulano lá estava vendendo pra você." Duvido que ele tenha ouvido o que eu disse. Mostrei a arma pra ele.

O pneu do Thatcher saiu cantando quando ele deu partida naquele Falcon carcomido. Achei que não ia conseguir alcançá-lo com o fusca, mas virei o carro e fui atrás dele. "O barato que ele me vendeu era outra coisa", eu disse.

"Você não experimentou antes?", Richard disse.

"Era um barato estranho."

"Mas se você experimentou...", ele disse.

"Parecia normal, mas depois ficou estranho. Não foi só comigo. Todo mundo falou a mesma coisa."

"Ele vai te deixar pra trás." Thatcher tinha se enfiado de repente entre dois prédios.

Não consegui encontrá-lo quando saímos do beco e chegamos a outra rua. Mas um pouco depois vi a luz de freio de alguém tingir de cor-de-rosa um monte de neve velha.

"Ele virou aquela esquina", eu disse.

Quando contornamos o prédio achamos o carro dele estacionado, vazio, nos fundos de um predinho residencial. Uma luz se acendeu em um dos apartamentos e em seguida se apagou.

"Cheguei dois segundos atrasado." Sentir que ele estava com medo de mim foi revigorante. Deixei o fusca no meio do estacionamento, com a porta aberta, o motor ligado e os faróis a mil.

Tom e Richard foram atrás de mim quando subi correndo o primeiro lance da escada e bati na porta com o revólver. Eu sabia que estava no lugar certo. Bati de novo. Uma mulher de camisola branca abriu e na mesma hora deu um passo para trás, dizendo "Não. Calma. Calma. Calma".

"O Thatcher deve ter te falado pra atender a porta, senão você nunca teria vindo", eu disse.

"O Jim? Ele viajou." Seu cabelo, preto e comprido, estava preso num rabo de cavalo. Os olhos dela tremiam nas órbitas, sem exagero.

"Vai chamar ele", eu disse.

"Ele tá na Califórnia."

"Ele tá no quarto." Eu a botei contra a parede, indo na direção dela com o cano do revólver entre nós.

"Eu estou com duas crianças aqui", ela implorou.

"Não tô nem aí! Deita no chão!"

Ela deitou, e eu empurrei a cara dela de lado no tapete e coloquei a arma bem na têmpora dela.

O Thatcher ia aparecer, ou eu não sabia de mais nada. "Eu tô com ela aqui no chão!", gritei na direção do quarto.

"Os meus filhos estão dormindo", ela disse. As lágrimas saíam de seus olhos e escorriam por sobre o nariz.

De forma súbita e estúpida, Richard foi até o corredor e entrou no quarto. Ele era conhecido por atos impensados e autodestrutivos como esse.

"Não tem ninguém aqui, só duas crianças pequenas."

Tom foi aonde ele estava. "Ele saiu pela janela", ele me gritou de lá.

Dei dois passos até a janela da sala e olhei o estacionamento lá embaixo. Não consegui ver direito, mas me pareceu que o carro do Thatcher tinha sumido.

A mulher não tinha se mexido. Continuava deitada no tapete.

"Ele não tá aqui, sério", ela disse.

Eu sabia que ele não estava. "Eu não ligo. Você vai se arrepender por isso", eu disse.

Sob fiança

Vi o Jack Hotel de traje social completo verde-oliva, com seu cabelo loiro penteado para trás e seu rosto brilhando e sofrendo. As pessoas que o conheciam estavam lhe pagando tanta bebida no Vine que ele mal dava conta de beber, pessoas que o tinham conhecido brevemente no passado, pessoas que nem conseguiam lembrar se o conheciam ou não. Era uma ocasião triste e empolgante. Ele estava respondendo por assalto a mão armada e havia saído do tribunal para o intervalo de almoço. Tinha olhado nos olhos de seu advogado e deduzido que seria um julgamento rápido. A partir de uma matemática jurídica que só a mente dos acusados é capaz de elaborar, ele estimou que a pena mínima nesse caso acabaria sendo de vinte e cinco anos.

Era tão horrível que só podia ser piada. Eu mesmo não conseguia me lembrar de ter conhecido alguém que tivesse chegado a viver todo esse tempo neste mundo. Já Hotel devia ter dezoito ou dezenove anos.

Essa situação havia sido mantida em segredo até agora, feito uma doença terminal. Fiquei com inveja dele por conseguir guardar um segredo desses, e abismado que uma pessoa fraca como Hotel havia sido abençoada com uma coisa tão magnífica que ele não conseguia nem contar vantagem. Certa vez Hotel tinha me dado um calote de cem dólares e eu sempre falei mal dele pelas costas, mas eu o conhecia desde que tinha aparecido, com quinze ou dezesseis anos. Fiquei surpreso e magoado, arrasado até, quando soube que ele tinha preferido não me envolver em seus problemas. Isso parecia pressagiar que essas pessoas nunca seriam minhas amigas.

Agora o cabelo dele estava tão limpo e loiro, pelo menos uma vez na vida, que parecia que o sol o iluminava mesmo nessa zona subterrânea.

Fiquei olhando o Vine. Era um lugar comprido e estreito, como um vagão de trem que não ia a lugar nenhum. Todo mundo parecia ter fugido de algum lugar — vi pulseiras de identificação de hospital em vários pulsos. Estavam tentando pagar as bebidas com dinheiro falso que eles mesmos tinham feito em máquinas de xerox.

"Foi há muito tempo", ele disse.

"O que você fez? Em quem você passou a perna?"

"Foi no ano passado. Foi no ano passado." Ele riu de si mesmo por invocar um tipo de justiça que seria capaz de persegui-lo por todo aquele tempo.

"Em quem você passou a perna, Hotel?"

"Ah, nem me pergunta. Merda. Porra. Meu Deus." Ele se virou e começou a falar com outra pessoa.

O Vine mudava todo dia. Algumas das coisas mais horríveis que tinham me acontecido na vida aconteceram aqui. Mas, como os outros, eu sempre voltava.

E a cada passo que eu dava meu coração se partia pela pessoa que eu nunca encontraria, a pessoa que ia me amar. E aí eu lembrava que tinha uma mulher que me amava me esperando em casa, ou depois que minha mulher tinha me largado e que eu estava em desespero, e depois de mais tempo ainda que eu tinha uma namorada alcoólatra e linda que ia me fazer feliz pelo resto da vida. Mas toda vez que eu entrava nesse lugar havia rostos encobertos que prometiam tudo e logo depois revelavam o tédio, o de sempre, levantando a cabeça pra me olhar e cometendo o mesmo erro.

Naquela noite eu me sentei na mesa oposta à de Kid Williams, que era ex-boxeador. Suas mãos negras eram mutiladas e cheias de calombos. Sempre tive a sensação de que a qualquer momento ele podia esticar o braço e me matar esganado. Ele usava duas vozes diferentes pra falar. Devia ter cinquenta e poucos anos. Tinha desperdiçado a vida inteira. Essas pessoas eram muito admiradas por nós, que só tínhamos desperdiçado alguns anos. Com Kid Williams sentado na sua frente, cogitar continuar assim por mais um ou dois meses não era nada.

Aquela coisa das pulseiras de hospital não era exagero. Kid Williams estava com uma no pulso. Ele tinha acabado de fugir do centro de desintoxicação. "Me paga uma bebida, me paga uma bebida", ele dizia com a voz aguda. Depois fazia uma careta e dizia com a voz grave, "Eu vou ficar aqui só um pouco", e se animando, com a voz aguda: "Eu queria ver todo mundo aqui! Me paga uma bebida agora, porque estou sem a minha mochila, minha carteira, eles pegaram todo o meu dinheiro. Aqueles ladrões". Ele agarrou a garçonete como uma criança agarra seu brinquedo. Ele estava vestindo apenas uma camiseta de pijama enfiada dentro da calça e um par de chinelos de hospital feitos de papel verde.

De repente eu lembrei que o próprio Hotel, ou alguém que tinha alguma ligação com ele, havia me falado semanas antes que ele tinha se dado mal por assalto a mão armada. Ele tinha roubado drogas e dinheiro de uns universitários que andavam vendendo muita cocaína, e eles decidiram entregá-lo para a polícia. Eu tinha me esquecido completamente disso.

E aí, pra dificultar um pouco mais a minha vida, eu me dei conta de que toda aquela comemoração não era a festa de despedida do Hotel, e sim a festa de boas-vindas. Ele tinha sido absolvido. O advogado conseguiu livrar o cara com uma estratégia curiosa, argumentando que ele estava tentando defender a comunidade da influência daqueles traficantes.

Sem entender absolutamente quem eram os verdadeiros criminosos nessa situação, os jurados preferiram lavar as mãos e deixaram que soltassem o Hotel. A conversa que eu tive com ele naquela tarde foi sobre isso, mas eu não tinha entendido nada.

No Vine havia muitos momentos como esse — em que você pensava que hoje era ontem, e ontem era amanhã, e daí por diante. Porque todos achávamos que éramos trágicos, e bebíamos. Tínhamos essa sensação de desamparo, de inevitável. Íamos morrer algemados. Iam dar um basta na nossa vida, e não seria culpa nossa. Ou pelo menos a gente achava isso. E mesmo assim sempre éramos inocentados por motivos absurdos.

Hotel tinha ganhado de volta o resto de sua vida, os vinte e cinco anos e mais. Os policiais, de tão amargurados que ficaram com a sorte que ele deu, prometeram que o fariam se arrepender se ele não saísse da cidade. Ele teimou em ficar um tempo, mas brigou com a namorada e foi embora — fez uns bicos em Denver, Reno, cidades no oeste — e depois de um ano apareceu de novo porque não conseguiu ficar longe dela.

Agora ele estava com vinte, vinte e um anos.

Tinham demolido o Vine. A renovação urbana tinha mudado todas as ruas. Quanto a mim, eu e minha namorada tínhamos terminado, mas não conseguíamos ficar longe um do outro.

Uma noite eu e ela brigamos, e fiquei andando pela rua até os bares abrirem de manhã. Só entrei num bar velho qualquer.

Jack Hotel estava do meu lado no espelho, bebendo. Havia mais alguns outros iguaizinhos a nós dois, e ficamos mais tranquilos.

Às vezes eu sinto que daria tudo pra estarmos de novo sentados num bar às nove da manhã, contando mentiras um para o outro, muito longe de Deus.

Hotel também havia brigado com a namorada. Tinha saído pra andar como eu. Agora bebemos a mesma coisa que o outro bebe, copo a copo, até ficarmos os dois sem dinheiro.

Eu sabia de um prédio para onde ainda enviavam os cheques do auxílio do governo para um inquilino que estava morto. Eu vinha roubando os cheques todos os meses havia um semestre, sempre com muito nervosismo, sempre esperando uns dias a mais depois que chegavam, sempre pensando que ia encontrar um jeito honesto de ganhar algum dinheiro, sempre acreditando que eu era uma pessoa honesta que não deveria estar fazendo esse tipo de coisa, sempre deixando pra depois porque tinha medo de que dessa vez me pegassem.

Hotel foi comigo e eu roubei o cheque. Falsifiquei a assinatura e o coloquei como beneficiário, usando seu nome verdadeiro, para que ele pudesse descontá-lo num supermercado. Acho que o nome verdadeiro dele era George Hoddel. É alemão. Compramos heroína e cada um ficou com metade.

Depois ele foi procurar a namorada dele, e eu fui procurar a minha, sabendo que quando tinha droga em jogo, ela sempre cedia.

Mas eu não estava nada bem — estava bêbado e não tinha dormido na noite anterior. Assim que o barato entrou no meu organismo eu apaguei. Duas horas se passaram sem que eu me desse conta.

Senti que eu só tinha piscado, mas quando abri os olhos minha namorada e uma vizinha mexicana mexiam em mim, fazendo tudo o que podiam pra me trazer de volta. A mexicana dizia: "Olha, ele tá voltando".

A gente morava num apartamento minúsculo e sujo. Quando percebi quanto tempo eu havia passado fora do ar e como tinha chegado perto de nunca mais voltar pra lá, nossa casinha pareceu brilhar feito joia barata. Fiquei radiante por estar vivo. Em geral, o mais perto que eu chegava de pensar no sentido da vida era imaginar que deviam estar fazendo alguma pegadinha comigo. Não tinha nada daquilo de chegar perto de desvendar o mistério, nenhuma situação em que algum de nós — tá, acho que eu devo estar falando por mim — pensava que nosso pulmão estava cheio de luz, nada do tipo. Mas tive um momento de glória naquela noite. Tive certeza de que estava aqui neste mundo porque não poderia tolerar nenhum outro lugar.

Quanto a Hotel, que estava numa situação idêntica à minha e tinha o mesmo tanto de heroína, mas não precisou dividir nada com a namorada, porque não conseguiu encontrá-la naquele dia: ele foi até uma hospedaria lá no final da Iowa Avenue e também teve uma overdose. Caiu num sono profundo, e todo mundo que estava lá achou que ele parecia francamente morto.

As pessoas que estavam com ele, todos amigos nossos, monitoravam sua respiração posicionando um espelhinho sob suas narinas de quando em quando, verificando se o vidro embaçava. Mas depois de um tempo esqueceram de ver como ele estava, e Hotel teve uma falência respiratória sem que ninguém percebesse. Não aguentou. Ele morreu.

Eu continuo vivo.

Dundun

Fui até a fazenda onde Dundun morava para arranjar um pouco de ópio de farmácia com ele, mas dei azar.

Ele me cumprimentou quando saiu na área da frente da casa para ir até a bomba. Estava usando botas de caubói novas e um colete de couro, e a camisa de flanela estava para fora da calça jeans. Mascava chiclete.

"O McInnes não tá muito bem hoje. Acabei de dar um tiro nele."

"Você quer dizer que matou ele?"

"Foi sem querer."

"Mas ele morreu, mesmo?"

"Não. Tá sentado."

"Mas está vivo."

"Ah, claro, ele tá vivo. Agora está sentado lá no fundo."

Dundun foi até a bomba de água e começou a girar a manivela.

Eu dei a volta pelos fundos da casa. O cômodo para o qual a porta dos fundos dava tinha cheiro de cachorro e bebê. Beatle estava na porta oposta. Ficou me olhando quando entrei. Blue estava encostada na parede, fumando um cigarro e coçando o queixo, pensativa. Jack Hotel estava sentado diante de uma escrivaninha velha, acendendo um cachimbo com o fornilho embrulhado em papel-alumínio.

Quando viram que era só eu, os três voltaram a olhar para McInnes, que estava sentado sozinho no sofá, com a mão esquerda repousada sobre a barriga.

"O Dundun deu um tiro nele?", perguntei.

"Alguém deu um tiro em alguém", Hotel respondeu.

Dundun apareceu atrás de mim trazendo água numa xícara de porcelana e uma garrafa de cerveja e falou para McInnes: "Aqui".

"Não *quero*", McInnes disse.

"Tá. Então toma isto aqui", Dundun lhe ofereceu o resto de sua cerveja.

"Não, obrigado."

Fiquei preocupado. "Vocês não vão levar ele pro hospital, nem nada?"

"Boa ideia", disse Beatle em tom sarcástico.

"A gente ia", Hotel explicou, "mas batemos no canto do barracão, ali."

Olhei pela janela lateral. Estávamos na fazenda de Tim Bishop. Notei que o Plymouth de Tim Bishop, que era um velho sedã cinza e vermelho muito bonito, tinha batido de lado no barracão e tomado o lugar de uma das vigas, de forma que ela agora estava caída no chão e o carro sustentava o telhado.

"O para-brisa estilhaçou em mil pedaços", Hotel disse.

"Como vocês conseguiram se enfiar ali?"

"A gente perdeu completamente o controle", Hotel disse.

"Cadê o Tim, afinal?"

"Ele não tá aqui", Beatle disse.

Hotel me passou o cachimbo. Era haxixe, mas já tinham fumado quase tudo.

"Como você tá?", Dundun perguntou a McInnes.

"Eu tô sentindo ela ali. Tá cravada no músculo."

Dundun disse: "Podia ser pior. A cápsula não explodiu direito, acho".

"O disparo falhou."

"É, não disparou direito mesmo."

Hotel me perguntou: "Você levaria ele pro hospital no seu carro?".

"Tá", eu disse.

"Também vou", Dundun disse.

"Sobrou alguma coisa daquele ópio?", perguntei a ele.

"Não", ele respondeu. "Aquilo foi presente de aniversário. Já usei tudo."

"Quando é o seu aniversário?", perguntei a ele.

"Hoje."

"Então você não devia ter usado tudo antes do seu aniversário", eu disse, irritado.

Mas fiquei feliz com essa oportunidade de ser útil. Eu queria ser a pessoa que ia conseguir levar McInnes ao médico sem bater o carro. Todo mundo ia comentar o que aconteceu, e eu esperava que gostassem de mim.

No carro estávamos Dundun, McInnes e eu.

Era o aniversário de vinte e um anos do Dundun. Eu o conhecera no presídio de Johnson County durante os poucos dias que já passei na cadeia, mais ou menos na época do meu décimo oitavo Dia de Ação de Graças. Eu era um ou dois meses mais velho que ele. Quanto a McInnes, ele andava com a gente fazia muito tempo, e eu inclusive era casado com uma de suas ex-namoradas.

Saímos o mais rápido que pude sem chacoalhar demais a vítima.

Dundun disse: "E o freio? Você consertou?".

"O freio de mão tá funcionando. Já resolve."

"E o rádio?" Dundun apertou o botão, e o rádio começou a emitir um ruído que parecia de um moedor de carne.

Ele desligou o rádio e depois ligou de novo, e agora ele chiava feito uma máquina que fica polindo pedra a madrugada toda.

"E você?", perguntei a McInnes. "Você está confortável?"

"O que você acha?", McInnes disse. Era uma estrada reta e longa que atravessava campos vazios até onde os olhos alcançavam. Dava a impressão de que não havia ar no céu, e de que a terra era feita de papel. Em vez de avançar, estávamos só ficando cada vez menores.

O que se pode dizer daqueles campos? Havia melros-pretos rodeando a própria sombra, e embaixo deles as vacas ficavam cheirando a bunda umas das outras. Dundun cuspiu o chiclete pela janela enquanto procurava o maço de Winston no bolso da camisa. Ele acendeu um Winston com um fósforo. Não havia mais nada a dizer.

"Nunca mais vamos sair dessa estrada", eu disse.

"Que porcaria de aniversário", Dundun disse.

McInnes estava pálido e enjoado, com uma mão terna sobre a barriga. Eu já o vira assim uma vez ou outra mesmo quando ele não tinha levado um tiro. Ele tinha uma hepatite grave e costumava sentir bastante dor.

"Você promete não contar nada pra eles?", Dundun estava perguntando a McInnes.

"Acho que ele não está te ouvindo", eu disse.

"Fala pra eles que foi acidente, tá?"

McInnes ficou um bom tempo sem dizer nada. Por fim ele disse: "Tá".

"Promete?", Dundun perguntou.

Mas McInnes não disse nada. Porque ele tinha morrido.

Dundun me olhou com lágrimas nos olhos. "E você?"

"Como assim, e eu? Você acha que eu tô aqui porque sei alguma coisa dessa história?"

"Ele morreu."

"Tá *bom*. Eu *sei* que ele morreu."

"Joga ele pra fora do carro."

"Joga mesmo ele pra fora do carro", eu disse. "Agora é que eu não vou levar ele pra lugar nenhum."

Por um instante eu caí no sono ali mesmo, enquanto dirigia. Sonhei que estava tentando contar alguma coisa a alguém e a pessoa não parava de me interromper, um sonho sobre frustração.

"Que bom que ele morreu", falei para o Dundun. "Foi por causa dele que todo mundo começou a me chamar de Porra-Louca."

Dundun disse: "Não deixa isso te atingir".

Continuamos correndo pelo que sobrou do esqueleto de Iowa.

"Eu não ia achar ruim ser matador de aluguel", Dundun disse.

Essa região tinha sido soterrada por geleiras num tempo antes da história. Houvera anos de seca e uma névoa de poeira avermelhada pairava sobre as planícies. A safra de soja tinha morrido de novo, e os talos murchos estavam espalhados pelo chão feito fileiras de calcinhas esparramadas. Quase todos os agricultores desistiram de plantar. As falsas visões foram apagadas. Aquele parecia o momento que precedia a vinda do Salvador. E o Salvador de fato chegou, mas tivemos que esperar muito.

Dundun torturou Jack Hotel no lago que fica na saída de Denver. Ele fez isso para arrancar informações sobre um objeto roubado, um aparelho de som que pertencia à namorada de Dundun, ou talvez à sua irmã. Depois, Dundun espancou e quase matou um homem com uma chave de roda numa rua de Austin, Texas, e um dia ele também vai precisar responder por esse crime, mas agora acho que ele está em uma prisão no Colorado.

Você acreditaria se eu dissesse que ele tinha um coração bom? Sua mão esquerda não sabia o que a direita fazia. É que certas conexões importantes tinham sido danificadas. Se eu abrisse a sua cabeça e passasse um ferro de solda bem quente no seu cérebro, talvez você ficasse igual a ele.

Trabalho

Eu estava no Holiday Inn com a minha namorada, que, sinceramente, era a mulher mais bonita que eu já conhecera, há três dias registrado com um nome falso e injetando heroína. A gente fazia amor na cama, comia bife no restaurante, injetava no banheiro, vomitava, chorava, botava a culpa um no outro, implorava o perdão um do outro, perdoava, fazia promessas e levava um ao outro pro céu.

Mas houve uma briga. Fiquei na frente do hotel pedindo carona, vestido de qualquer jeito, sem camisa por baixo do casaco, e o vento passava sibilando pelo brinco que eu tinha na orelha. Veio um ônibus. Eu embarquei e fiquei sentado no banco de plástico enquanto as coisas da nossa cidade corriam nas janelas como as imagens de um caça-níqueis.

Uma vez, quando estávamos brigando parados numa esquina, dei um soco na barriga dela. Ela se encolheu toda e começou a chorar. Um carro cheio de jovens universitários parou ao nosso lado.

"Ela tá passando mal", eu disse a eles.

"Tá nada", um deles respondeu. "Você deu a maior cotovelada bem na *barriga* dela."

"Ele deu, ele deu, ele deu", ela disse, aos prantos.

Não lembro o que eu disse pra eles. Lembro da solidão esmagando primeiro meu pulmão, depois meu coração, depois meu saco. Eles a colocaram dentro do carro e foram embora.

Mas ela voltou.

Nessa manhã, depois da briga, depois de ficar sentado no ônibus por vários quarteirões com a cabeça vazia e queimando, eu desci e entrei no Vine.

O Vine estava quieto e frio. Wayne era o único cliente. Suas mãos tremiam. Ele não conseguia levantar o copo.

Coloquei a mão esquerda no ombro do Wayne, e com a direita, firme por causa do ópio, levei a dose de bourbon à sua boca.

"Tá a fim de ganhar um dinheiro?", ele me perguntou.

"Eu estava pensando em ir ali naquele canto e apagar", eu lhe informei.

"Eu resolvi", ele disse, "na minha cabeça, que eu quero ganhar uma grana."

"E daí?", eu disse.

"Vem comigo", ele implorou.

"Você quer dizer que precisa de carona."

"Eu tenho as ferramentas", ele disse. "A gente só precisa daquela merda do seu carro."

Achamos meu Chevrolet de sessenta dólares, a coisa mais luxuosa que eu já comprei, pelo menos por aquele preço, numa rua perto do meu apartamento. Eu gostava daquele carro. Era bom porque dava pra se jogar em cima de um poste com ele sem que nada, nadinha, acontecesse.

Wayne colocou seu saco de estopa cheio de ferramentas no colo e saímos da cidade. Fomos até onde os campos iam se amontoando e viravam morros e depois caíam na direção de um rio gelado que tinha sido parido por nuvens generosas.

Todas as casas que ficavam à margem do rio — umas doze, mais ou menos — estavam abandonadas. Dava pra ver que a mesma empresa tinha construído todas e depois as pintado de quatro cores diferentes. As janelas dos andares mais baixos estavam sem vidraça. Passamos ao lado delas e eu vi que o chão do térreo dessas casas estava coberto de limo. Um tempo antes uma enchente tinha invadido as margens, devastando tudo. Mas agora o rio estava plano e lento. Os salgueiros acariciavam a água com os cabelos.

"A gente vai invadir essas casas pra roubar?", perguntei para o Wayne.

"Não dá pra invadir uma casa abandonada, vazia", ele disse, chocado com a minha burrice.

Eu não disse nada.

"A gente veio recolher destroços", ele disse. "Para na frente daquela, bem ali."

A casa em frente a qual paramos o carro me deu uma impressão horrível. Bati na porta.

"Não faz isso", Wayne disse. "É burrice."

Dentro da casa, nossos pés reviravam o limo que o rio tinha deixado. A marca da água percorria as paredes do porão e chegava a um metro acima do chão. Havia montinhos de capim achatado e duro espalhados por todo lado, como se alguém os tivesse colocado ali pra secar.

Wayne estava com um pé de cabra, e eu com um martelo brilhante com um cabo de borracha azul. Encaixamos a unha das ferramentas nas emendas da parede e começamos a arrancar o gesso. A placa se soltou e fez um barulho que parecia o de um velho tossindo. Sempre que expúnhamos parte dos cabos encapados de plástico branco, nós os arrancávamos, soltando-os de suas conexões, desencapávamos tudo e juntávamos num canto. Era isso que a gente tinha ido procurar. Nosso plano era vender os fios de cobre como sucata.

Quando chegamos ao segundo andar, eu já sabia que íamos ganhar um bom dinheiro. Mas eu estava ficando cansado. Larguei o martelo e fui ao banheiro. Estava suado e com sede. Mas é claro que não tinha água.

Voltei para perto do Wayne, que estava em um dos dois quartos pequenos e vazios, e comecei a dançar e bater nas paredes, quebrando o gesso e fazendo a maior algazarra, até que o martelo ficou preso na parede. Wayne ignorou esse ato de rebeldia.

Eu estava ofegante.

Perguntei a ele: "Quem você acha que era o dono da casa?".

Ele parou o que estava fazendo. "É minha casa."

"É?"

"Era."

Ele puxou o cabo com um movimento longo e certeiro, um gesto comandado pela serenidade do ódio, estourando os grampos e libertando o fio.

Fizemos uns rolos bem grandes de fio no centro de cada cômodo, e isso nos tomou mais de uma hora. Fiz escadinha com a mão para o Wayne subir pelo alçapão do sótão, e ele me puxou depois, os dois suando, com os poros vazando os venenos do álcool, que tinham cheiro de casca de laranja velha, e amontoamos os cabos revestidos de branco em cima da casa que um dia tinha sido dele, arrancando do chão.

Senti uma fraqueza. Tive que vomitar no canto — só um tiquinho de bílis cinza. "Essa porra desse trabalho", eu reclamei, "tá fodendo com o meu barato. Será que não tem um jeito mais fácil de ganhar um trocado?"

Wayne foi até a janela. Ele bateu nela várias vezes com o pé de cabra, cada vez mais forte, até estraçalhar. Jogamos aquela tralha toda lá embaixo, no pasto cheio de lama.

Essa estranha vizinhança à margem do rio estava em silêncio, a não ser pela brisa que nunca deixava de soprar por entre as folhas jovens. Mas nesse momento ouvimos um barco se aproximando. O som se enrodilhava pela vegetação ribeirinha feito uma abelha, e pouco depois um barco esportivo de proa chata cruzou o meio do rio a cinquenta ou sessenta, no mínimo.

Esse barco estava puxando uma imensa pipa triangular que ficava presa a uma corda. A uns trinta metros da superfície, havia uma mulher suspensa na pipa, amarrada de algum jeito, pelo que imaginei. Ela tinha cabelos ruivos e compridos. Era branca e delicada, e, a não ser pelos lindos cabelos, estava nua. Não sei o que ela pensava enquanto passava flutuando por essas ruínas.

"O que ela tá fazendo?", foi a única coisa que consegui dizer, embora pudéssemos ver que ela estava voando.

"Mas que coisa linda, hein?", Wayne disse.

Na volta pra cidade, Wayne me pediu para desviar do caminho e entrar na Antiga Rodovia. Ele me fez parar em frente a uma casa de fazenda meio torta que ficava no alto de um morro cheio de grama.

"Vou entrar só dois segundos", ele disse. "Quer vir?"

"Quem tá aqui?", eu disse.

"Vem ver", ele me disse.

Pareceu que não tinha ninguém em casa quando fomos até a varanda e ele bateu à porta. Mas ele não bateu de novo, e depois de uns bons três minutos uma mulher abriu a porta, uma ruiva esbelta usando um vestido com estampa de florzinha. Ela não sorriu. Só nos disse "oi".

"A gente pode entrar?", Wayne perguntou.

"Deixa que eu saio na varanda", ela disse, depois passou por nós e parou para olhar os campos.

Fiquei esperando do outro lado da varanda, apoiado no parapeito, e não ouvi a conversa. Não sei o que disseram um ao outro. Ela desceu os degraus e Wayne foi atrás. Ele ficou em pé, com os braços cruzados, olhando para o chão enquanto falava. O vento levantava e soltava os longos cabelos ruivos dela. Ela tinha mais ou menos quarenta anos e uma beleza exangue e saturada. Imaginei que o Wayne tinha sido o temporal que a deixara ilhada nesse lugar.

Pouco depois ele me disse: "Vamos". Ele sentou no banco do motorista e deu partida no carro — não precisava de chave.

Eu desci os degraus e entrei no carro, ao lado dele. Ele olhou pra ela pelo para-brisa. Ela ainda não tinha voltado para dentro, nem tinha feito nada.

"Essa é a minha esposa", ele me disse, como se não estivesse óbvio.

Eu me virei no banco e fiquei observando a esposa do Wayne à medida que o carro avançava.

Com que palavras se pode descrever aqueles campos? Ela estava parada bem no meio deles como se sobre uma montanha muito alta, com os cabelos ruivos repartidos de lado pelo vento, as planícies verdes e cinza acachapadas à sua volta, e toda a vegetação de Iowa assobiava a mesma nota.

Eu sabia quem ela era.

"Era ela, não era?", eu perguntei.

Wayne não disse nada.

Eu não tinha dúvida. Ela era a mulher que tínhamos visto voando sobre o rio. Até onde eu sabia, eu tinha entrado sem querer em algum tipo de sonho que Wayne estava tendo com sua mulher e sua casa. Mas não falei mais nada.

Porque, no fim das contas, nas pequenas coisas, aquele estava se revelando um dos melhores dias da minha vida, fosse aquilo um sonho alheio ou não. Vendemos os fios de cobre e ganhamos vinte e oito dólares — cada um — num ferro-velho que ficava perto dos trilhos brilhantes na fronteira da cidade, depois voltamos para o Vine.

E quem estava cuidando do bar, senão uma moça cujo nome não me lembro? Mas eu me lembro do jeito que ela servia a bebida. Ela fazia o seu dinheiro valer o dobro. Ela não ia deixar os chefes ricos. Nem preciso dizer que tínhamos verdadeira adoração por ela.

"Eu pago", eu disse.

"De jeito nenhum", Wayne disse.

"Ah, vai."

"É o meu sacrifício", Wayne disse.

Sacrifício? De onde ele tinha tirado uma palavra como sacrifício? Eu nunca tinha ouvido nada parecido.

Eu já tinha visto o Wayne procurar — sem exagero nenhum — o homem mais forte e mais negro de Iowa numa mesa de pôquer e acusá-lo de trapaça simplesmente porque ele, Wayne, não tinha gostado muito das cartas que tinha na mão. Pra mim sacrifício era isso, jogar a si mesmo no lixo, descartar o próprio corpo. O homem negro se levantou e segurou uma garrafa de cerveja pelo gargalo. Ele era a pessoa mais alta que já tinha entrado naquele bar.

"Vai lá pra fora", Wayne disse.

E o homem rebateu: "Aqui não é escola".

"Porra, que merda que", Wayne disse, "você quer dizer com essa droga?"

"Eu não vou lá fora que nem na escola. Tenta a sorte aqui e agora."

"Aqui não é lugar de fazer essas coisas", Wayne respondeu, "aqui tem mulher, criança, cachorro, gente aleijada."

"Puta merda", o homem disse. "Você tá bêbado, cara." "Não tô nem aí", Wayne disse. "Pra mim você não vale um peido." Aquele homem imenso e perigoso não disse nada. "Agora eu vou sentar ali", Wayne disse, "e vou jogar o meu jogo, e você que se foda."

O homem balançou a cabeça. Ele também se sentou. Isso foi inacreditável. Se ele esticasse uma das mãos e apertasse por dois ou três segundos, seria capaz de estourar a cabeça do Wayne como se fosse um ovo.

E aí aconteceu um daqueles momentos. Eu me lembro de ter vivido um deles quando tinha dezoito anos e passara a tarde toda na cama com a minha primeira mulher, antes de a gente se casar. Nossos corpos nus começaram a brilhar e o ar ganhou uma cor tão estranha que pensei que a vida só podia estar me escapando, e com cada fibra e célula jovem eu quis me agarrar a ela e respirar mais uma vez. Um ruído ribombava na minha cabeça quando me levantei cambaleando, abri a porta e dei de cara com uma visão que nunca mais vou ter: cadê as minhas mulheres agora, com seus verbos e modos doces e úmidos, e aquelas bolas de granizo milagrosas que caíam numa translucidez esverdeada nos quintais?

Vestimos nossas roupas, ela e eu, e saímos de casa, andando por uma cidade inundada por pedras brancas que boiavam e batiam nos nossos tornozelos. Nascer deve ter sido assim.

Aquele momento no bar, depois que a briga por pouco não aconteceu, foi como o silêncio verde que veio depois da chuva de granizo. Alguém resolveu pagar uma rodada pra todo mundo. As cartas estavam espalhadas pela mesa, viradas pra cima, viradas pra baixo, e pareciam pressagiar que qualquer coisa que fizéssemos uns aos outros seria levada embora pela bebida ou explicada pelas canções tristes.

Wayne era parte de tudo isso.

O Vine era como o vagão-restaurante de um trem que tinha descarrilado, sabe-se lá como, e ido parar num pântano do tempo, onde esperava o primeiro golpe da retroescavadeira. E esse golpe de fato ia chegar. Por causa da renovação urbana, iam derrubar e jogar fora todo o centro da cidade.

E aqui estávamos nós, nessa tarde, cada um com quase trinta dólares, e a nossa pessoa favorita, nossa pessoa mais que favorita, trabalhando no bar. Queria lembrar o nome dela, mas só me lembro da sua elegância e generosidade.

Os momentos que eram realmente bons sempre aconteciam quando o Wayne estava por perto. Mas essa tarde, de certa forma, foi o melhor de todos. A gente tinha dinheiro. Estávamos sujos e cansados. Normalmente sentíamos culpa e medo, porque havia algo de errado com a gente e não sabíamos o que era; mas nesse dia sentimos que éramos homens que tinham trabalhado.

O Vine não tinha jukebox, só um aparelho de som normal que nunca parava de tocar músicas de divórcio dramático e desabafo alcoólico. "Enfermeira", eu choraminguei. Ela servia doses duplas como um anjo, subindo até a boca do copo sem medir nada. "Esse seu braço arremessa que é uma beleza." Você tinha que chegar nelas como um beija-flor que se aproxima das pétalas. Eu a vi muito tempo depois, não muitos anos atrás, e quando sorri ela pareceu pensar que eu estava dando em cima dela. Mas eu só tinha lembrado. Eu nunca vou esquecer você. Seu marido vai te bater com o cabo de uma extensão e o ônibus vai sair e te deixar chorando na estrada, mas pra mim você foi uma mãe.

Emergência

Eu estava trabalhando num pronto-socorro havia mais ou menos três semanas, acho. Isso foi em 1973, antes de o verão acabar. Sem nada pra fazer no turno da noite, a não ser organizar os relatórios de seguros-saúde dos turnos do dia, comecei a perambular pelo hospital, indo até o setor de cardiologia, a lanchonete, et cetera, procurando o Georgie, o auxiliar de enfermagem, um amigo meu. Ele sempre roubava pílulas dos armários.

Ele estava passando um rodo pelo piso frio da sala de cirurgia. "Ainda tá fazendo isso?", eu perguntei.

"Nossa, tem muito sangue aqui", ele reclamou.

"Onde?" O piso me parecia razoavelmente limpo.

"Que merda eles estavam fazendo aqui?", ele me perguntou.

"Estavam fazendo uma cirurgia, Georgie", eu disse a ele.

"Tem tanta gosma dentro da gente, cara", ele disse, "e ela só quer sair." Ele apoiou o rodo num armário.

"Por que você está chorando?" Eu não entendia.

Ele endireitou a postura, levantou os dois braços e arrumou o rabo de cavalo. Depois pegou o rodo e começou a fazer movimentos amplos e aleatórios em arco com ele, tremendo e chorando e indo muito rápido de um lado para o outro. "Por que eu tô *chorando*?", ele disse. "Meu Deus. Nossa, tá bom, então."

Eu estava matando tempo no pronto-socorro com a Enfermeira gorda e nervosa. Um dos clínicos de que ninguém gostava apareceu procurando o Georgie para limpar a sujeira que ele tinha deixado. "Cadê o Georgie?", esse cara perguntou.

"O Georgie está na sala de cirurgia", a Enfermeira disse.
"De novo?"
"Não", a Enfermeira disse. "Ainda."
"Ainda? Fazendo o quê?"
"Limpando o chão."
"De novo?"
"Não", a Enfermeira disse de novo. "Ainda."

Na sala de cirurgia, Georgie largou o rodo e se encolheu todo, numa posição de criança fazendo cocô na calça. Ele olhou pra baixo com a boca aberta de pavor.
Ele disse: "O que eu vou fazer com essa merda desse sapato, cara?".
"Pelo visto", eu disse, "você já mandou todo o butim pra dentro, né?"
"Olha como eles estão fazendo barulho", ele disse, andando na ponta dos pés pela sala.
"Deixa eu ver o seu bolso, cara."
Ele ficou parado um minuto e eu encontrei as drogas que ele tinha no bolso. Deixei duas de cada pra ele, fossem lá o que fossem. "O turno já deve estar na metade", eu disse a ele.
"Ótimo. Porque eu preciso muito, muito, muito beber alguma coisa", ele disse. "Será que você pode me ajudar a limpar esse sangue?"

Por volta das três e meia da manhã, o Georgie trouxe pra dentro um cara com uma faca enfiada no olho.
"Espero que *você* não tenha feito isso com ele", a Enfermeira disse.
"Eu?", Georgie disse. "Não. Ele já estava assim."
"Foi a minha mulher", o homem disse. A lâmina estava enfiada até o fundo no canto externo do olho esquerdo. Era uma faca de caça, algo assim.

"Quem te trouxe?", a Enfermeira perguntou.

"Ninguém. Eu vim andando. São só três quarteirões", o homem disse.

A Enfermeira olhou para o homem. "É melhor a gente colocar você deitado."

"Tá, eu tô precisando mesmo", o homem disse.

Ela ficou olhando mais um pouco para a cara dele.

"O seu outro olho", ela disse, "é de vidro?"

"É de plástico, ou algum outro material artificial", ele respondeu.

"E você consegue enxergar *desse* olho?", ela perguntou, referindo-se ao olho ferido.

"Consigo enxergar. Mas não consigo fechar a mão esquerda porque essa faca está fazendo alguma coisa com o meu cérebro."

"Meu Deus", a Enfermeira disse.

"Acho que é melhor eu chamar o médico", eu disse.

"Acertou", a Enfermeira disse.

Eles o colocaram numa maca, e Georgie perguntou ao paciente: "Nome?".

"Terrence Weber."

"Seu rosto está escuro. Não consigo ver o que você está dizendo."

"Georgie", eu disse.

"O que você tá falando, cara? Não consigo ver."

A Enfermeira apareceu e Georgie disse a ela: "O rosto dele está escuro".

Ela se debruçou na direção do paciente. "Há quanto tempo isso aconteceu, Terry?", ela gritou perto do rosto dele.

"Agora há pouco. Foi minha esposa. Eu estava dormindo", o paciente disse.

"Você quer chamar a polícia?"

Ele pensou um pouco e por fim respondeu: "Não, só se eu morrer".

A Enfermeira foi até o interfone preso à parede e avisou o médico de plantão, aquele clínico. "Tenho uma surpresa pra você", ela disse pelo interfone. Ele atravessou o corredor sem se apressar, porque ele sabia que ela odiava o clínico-geral e que seu tom de voz feliz só podia significar que era alguma coisa que estava fora de sua alçada e que tinha tudo para ser humilhante.

Ele espiou o centro de trauma e viu a situação: o assistente hospitalar — ou seja, eu — parado ao lado do auxiliar de enfermagem, Georgie, ambos drogados, olhando para um paciente que tinha uma faca enfiada na cara.

"E então, qual é o problema?", ele me perguntou.

O médico juntou os três ao seu redor no escritório e disse: "A situação é a seguinte: precisamos de uma equipe aqui, uma equipe completa. Quero um bom oftalmo. Um ótimo oftalmo. O melhor oftalmo. Quero um neuro. E quero um anestesista muito bom, quero um gênio. Eu não vou nem encostar naquela cabeça. Esse caso eu só vou assistir. Eu conheço o meu limite. A gente só vai preparar o paciente e esperar. Auxiliar!".

"Você tá falando comigo?", Georgie perguntou. "É pra eu preparar o paciente?"

"Estamos num hospital?", o médico perguntou. "Estamos num pronto-socorro? Aquele homem é um paciente? Você é o auxiliar?"

Liguei para a telefonista do hospital e disse a ela para mandar o oftalmo, o neuro e o anestesista.

Dava pra ouvir o Georgie do outro lado do corredor, lavando as mãos e cantando uma música do Neil Young que dizia: "Hello, cowgirl in the sand. Is this place at your command?".*

---

* "Oi, vaqueira na areia. É você que manda neste lugar?" [N. T.]

"Essa pessoa não está bem, não está nada bem, nada bem", o médico disse.

"Desde que ele consiga ouvir as minhas instruções, isso não é problema meu", a Enfermeira insistiu, tirando alguma coisa de dentro de um copo de papel com uma colher. "Eu tenho que pensar na minha vida e em proteger a minha família."

"Tá bom, tá bom. Não precisa me dar uma patada", o médico disse.

O oftalmo estava de férias ou algo assim. Enquanto a telefonista do hospital fazia várias ligações para encontrar alguém tão bom quanto ele, os outros especialistas se apressavam para se juntar a nós. Eu fiquei por ali, olhando prontuários e engolindo mais comprimidos do Georgie. Alguns tinham gosto de cheiro de urina, outros, de queimado, outros, de giz. A essa altura várias enfermeiras e dois médicos que até então cuidavam de alguém na UTI estavam com a gente lá embaixo.

Quando se tratava do que devíamos fazer para remover a faca do cérebro de Terrence Weber, todo mundo tinha uma opinião diferente. Mas quando Georgie terminou de preparar o paciente — de raspar suas sobrancelhas, desinfetar a região do ferimento e daí por diante — e voltou, ele estava segurando a faca de caça na mão esquerda. O assunto morreu ali.

"De onde", o médico perguntou, enfim, "você tirou isso?"

Ninguém disse mais nada por um bom tempo.

Depois, uma das enfermeiras da UTI disse: "Seu cadarço está desamarrado". Georgie colocou a faca sobre um prontuário e agachou para amarrar o cadarço.

Ainda faltavam mais vinte minutos.

"Como o cara tá?", eu perguntei.

"Quem?", Georgie respondeu.

Eis que Terrence Weber ainda enxergava muitíssimo bem com seu único olho bom e tinha movimentos e reflexos aceitáveis, apesar de suas queixas iniciais. "Os sinais vitais dele estão normais", a Enfermeira disse. "O cara não tem nada. São essas coisas da vida."

Depois de um tempo você esquece que é verão. Você não lembra o que é uma manhã. Eu tinha dobrado dois turnos com oito horas de folga no meio, que eu passei dormindo numa maca no posto da enfermagem. Eu me sentia um balão de gás hélio gigante por causa das pílulas do Georgie, mas estava totalmente desperto. Eu e ele fomos até o estacionamento, até sua caminhonete laranja.

Deitamos numa placa de compensado sujo na traseira da caminhonete com a luz do dia batendo nas pálpebras e o perfume de alfafa ficando mais denso na língua.

"Quero ir na igreja", Georgie disse.

"Vamos no festival da cidade."

"Eu queria rezar. Eu rezaria."

"Eles exibem uns falcões e umas águias machucadas. Da Humane Society, acho."

"Eu tô precisando de uma capela bem tranquila."

Georgie e eu nos divertimos à beça andando de carro. O dia ficou claro e sereno por um bom tempo. Foi um daqueles momentos em que você fica presente, e que se danem os problemas de antes e depois. O céu está azul e quem morreu vai voltar. No fim da tarde, com uma resignação triste, o festival da cidade abre as portas. Um paladino do LSD, um famoso guru da geração do amor, está sendo entrevistado por uma equipe de TV à esquerda da granja. Parece que ele comprou os próprios olhos numa loja de mágica. Nesse momento, enquanto sinto pena desse extraterrestre, não me passa pela cabeça que na minha vida eu usei tanta droga quanto ele.

Depois disso, a gente se perdeu. Rodamos por horas, literalmente, mas não conseguimos achar a saída que levava de volta pra cidade.

Georgie começou a reclamar. "Esse foi o pior festival que eu já vi. Onde estavam os brinquedos?"

"Tinha brinquedo, sim", eu disse.

"Eu não vi nenhum."

Uma lebre correu na frente do carro e a gente atropelou o bicho.

"Tinha um carrossel, uma roda-gigante e uma coisa chamada Martelo, e as pessoas que saíam desse brinquedo estavam vomitando", eu disse. "Tá cego, por acaso?"

"O que foi aquilo?"

"Uma lebre."

"Alguma coisa bateu no carro."

"Você atropelou a lebre. Foi *ela*."

Georgie pisou no freio. "Ensopado de lebre."

Ele deu ré com a caminhonete e voltou ziguezagueando na direção da lebre. "Cadê minha faca de caça?" Ele quase atropelou o coitado do bicho pela segunda vez.

"A gente acampa no meio do mato", ele disse. "E come as coxas de café da manhã." Ele estava balançando a faca do Terrence Weber de um jeito que certamente parecia perigoso.

Logo depois ele estava em pé na beira dos campos, abrindo o bichinho magrelo, jogando longe os órgãos. "Eu devia ser médico!", ele gritou.

Uma família num Dodge grandalhão, o único carro que avistamos por um bom tempo, diminuiu a velocidade e olhou pelas janelas quando passaram por nós. O pai perguntou: "O que é isso, uma cobra?".

"Não, não é uma cobra", Georgie respondeu. "É uma lebre com filhotes dentro."

"Filhotes!", a mãe exclamou, e o pai arrancou com o carro, acompanhado pelas reclamações de várias crianças pequenas que estavam no banco de trás.

Georgie voltou para o meu lado da caminhonete com a frente da camisa esticada diante do corpo, como se estivesse carregando maçãs, ou alguma outra fruta, mas na verdade estava trazendo os filhotinhos gosmentos. "De jeito nenhum que eu vou comer isso daí", eu disse.

"Segura eles, segura eles. Eu tenho que dirigir, segura eles", ele disse, largando os bichos no meu colo e entrando na caminhonete. Ele começou a correr cada vez mais e estava com uma expressão radiante. "A gente matou a mãe e salvou os filhos", ele disse.

"Tá ficando tarde", eu disse. "Vamos voltar pra cidade."

"Pode deixar." Noventa, cem, cento e vinte, quase cento e quarenta.

"Não deixa esses coelhos passarem frio." Enfiei os bichinhos, um por um, pelo vão entre os botões da minha camisa e os coloquei encostados na minha barriga. "Eles quase não estão se mexendo", eu disse ao Georgie.

"A gente vai buscar leite, açúcar, tudo, e vai criar esses coelhos sozinhos. Eles vão crescer que nem uns gorilas."

A estrada na qual a gente tinha se perdido cortava o mundo bem ao meio. Ainda estava de dia, mas o sol tinha menos poder que um enfeite ou uma esponja. Nessa luz o capô da caminhonete, que antes era de um tom berrante de laranja, tinha ficado azul-escuro.

Georgie foi deixando o carro entrar no acostamento, aos poucos, bem aos poucos, como se tivesse caído no sono ou desistido de encontrar o caminho.

"O que foi?"

"A gente não pode continuar. Tô sem farol", Georgie disse.

Paramos debaixo de um céu estranho, e sobreposta a ele havia uma imagem desbotada de uma lua crescente.

Havia um bosquezinho ao nosso lado. Esse dia tinha sido quente e seco, os pinheiros e tudo o mais ferviam pacientes, mas quando estávamos sentados fumando começou a ficar muito frio.

"O verão acabou", eu disse.

Aquele foi o ano em que as nuvens do Ártico tinham descido para o Meio-Oeste e tivemos duas semanas de inverno em setembro.

"Você entendeu que vai nevar?", Georgie me perguntou.

Ele tinha razão, uma nevasca de um azul meio metálico estava se formando. Saímos dali e ficamos andando feito idiotas. Que frio lindo! Aquele gelo repentino, e o cheiro acre do verde apunhalando a gente!

As rajadas de neve se contorciam ao redor das nossas cabeças à medida que a noite caía. Eu não conseguia achar a caminhonete. Fomos ficando cada vez mais perdidos. Eu não parava de perguntar, "Georgie, tá conseguindo ver?", e ele sempre respondia: "Ver o quê? Ver o quê?".

A única luz visível era uma faixa de pôr do sol que tremeluzia sob a bainha das nuvens. Seguimos nessa direção.

Com solavancos suaves, descemos um morro e fomos na direção de um descampado que parecia ser um cemitério militar repleto de fileiras e fileiras de lápides idênticas e austeras que ficavam sobre as sepulturas dos soldados. Eu nunca tinha visto esse cemitério antes. Do outro lado do campo, logo depois das cortinas de neve, o céu estava rasgado e os anjos desciam de um verão azul brilhante e tinham rostos imensos manchados de luz e cheios de compaixão. Aquela imagem atravessou meu coração e chegou aos nós da minha coluna, e se tivesse alguma coisa no meu intestino, eu teria me cagado de medo.

Georgie abriu os braços e berrou: "É o drive-in, cara!".

"O drive-in…" Eu não sabia o que isso queria dizer.
"Eles estão passando filme no meio da nevasca, caralho!", Georgie gritou.
"Entendi. Pensei que fosse outra coisa", eu disse.
Descemos com cuidado até lá e pulamos a cerca quebrada e ficamos parados bem no fundo. Os alto-falantes, que eu tinha confundido com lápides, chiavam em uníssono. Depois veio uma musiquinha aguda, uma melodia que eu quase não conseguia identificar. Astros e estrelas do cinema andavam de bicicleta ao lado de um rio, rindo com bocas gigantescas e lindas. Se alguém tinha vindo ver esse filme, todo mundo tinha ido embora quando o tempo virou. Não tinha sobrado carro nenhum, nem mesmo um carro quebrado da semana anterior, nem um que abandonaram aqui por falta de combustível. Em alguns minutos, no meio de uma quadrilha rodopiante, a tela ficou preta, o verão cinematográfico acabou, a neve escureceu, a única coisa que sobrou foi a minha respiração.
"Meus olhos estão começando a voltar", Georgie disse um pouco depois.
Uma sensação cinzenta estava dando à luz várias formas, isso era verdade. "Mas quais delas estão perto e quais estão lá longe?", eu implorava que ele me dissesse.
À base de tentativa e erro, indo e voltando muitas vezes com nossos sapatos molhados, encontramos a caminhonete e nos sentamos dentro dela, tremendo.
"Vamos embora logo", eu disse.
"A gente não pode ir a lugar nenhum sem farol."
"A gente tem que voltar. Estamos muito longe de casa."
"Não estamos, não."
"A gente deve ter rodado quase quinhentos quilômetros."
"A gente tá quase na entrada da cidade, Bostalhão. A gente só ficou andando em círculos."
"Aqui não é lugar de acampar. Tô ouvindo a rodovia logo ali."

"A gente só vai continuar aqui até ficar tarde. Aí a gente pode voltar pra casa. Vamos ficar invisíveis."

Ficamos ouvindo os caminhões que iam de San Francisco para a Pensilvânia pela rodovia, como trepidações percorrendo um longo arco de serra, enquanto a neve nos enterrava.

Depois de um tempo Georgie disse: "É melhor a gente arranjar leite para aqueles coelhinhos".

"A gente não tem *leite*", eu disse.

"A gente mistura açúcar no leite."

"Será que você pode parar de falar desse leite?"

"Eles são mamíferos, cara."

"Esquece os coelhos."

"Cadê eles, aliás?"

"Você não tá me escutando. Eu disse pra esquecer os coelhos."

"Cadê eles?"

A verdade era que eu tinha esquecido completamente dos bichos e eles tinham morrido.

"Eles escorregaram pras minhas costas e acabaram sendo esmagados", eu disse, quase chorando.

"Eles escorregaram pras suas *costas*?"

Ele ficou olhando enquanto eu desgrudava os coelhos das minhas costas.

Peguei os coelhos um por um e os segurei nas mãos e nós os olhamos. Eram oito. Não eram maiores que os meus dedos, mas tinham tudo.

Pezinhos! Pálpebras! E até bigodinho! "Faleceram", eu disse.

Georgie perguntou: "Tudo o que você toca vira merda? Isso te acontece toda vez?".

"Não é à toa que me chamam de Bostalhão."

"Esse apelido vai pegar."

"É, eu sei."

"Vão te chamar de 'Bostalhão' até você morrer."

"Acabei de dizer isso. Eu já tinha concordado com você antes de você falar", eu disse.

Ou talvez essa não tenha sido a vez que nevou. Talvez tenha sido a vez que dormimos na caminhonete e eu fui me virar e esmaguei os coelhinhos. Não faz diferença. O que é importante eu lembrar agora é que na manhã seguinte bem cedo a neve do para-brisa tinha derretido e a luz do dia me acordou. A neblina cobria tudo e, com o sol, estava começando a ficar densa e estranha. Os coelhinhos ainda não eram uma questão, ou já tinham sido uma questão e já tinham sido esquecidos, e não havia nada na minha mente. Eu senti a beleza da manhã. Consegui entender como era possível que alguém, ao se afogar, sentisse que uma sede profunda era enfim saciada. Ou como um escravo podia ficar amigo de seu senhor. Georgie estava dormindo com a cara bem no volante.

Vi montes de neve que pareciam uma abundância de flores nos caules dos alto-falantes do drive-in — não, revelando as flores que sempre tinham estado ali. Um alce macho estava parado no pasto para lá da cerca com um ar de autoridade e imbecilidade. E um coiote passou correndo pelo pasto e sumiu por entre as árvores novas.

Naquela tarde voltamos para o trabalho a tempo de retomar todas as atividades como se nada tivesse parado de acontecer e nós nunca tivéssemos estado em nenhum outro lugar.

"O Senhor", alguém disse no canal de comunicação interna, "é meu pastor." Faziam isso toda noite porque era um hospital católico. "Pai nosso, que estais no céu", e daí por diante.

"Tá, tá", a Enfermeira disse.

O homem com a faca na cabeça, Terrence Weber, foi liberado por volta da hora do jantar. Eles o tinham feito passar a noite no hospital e lhe dado um tampão — mas nada disso era mesmo necessário.

Ele passou no pronto-socorro para se despedir. "Bom, aqueles remédios que eles me deram deixaram tudo com um gosto horrível", ele disse.

"Podia ter sido pior", a Enfermeira disse.

"Até a minha língua."

"É um milagre você não ter ficado cego ou morrido", ela lembrou a ele.

O paciente me reconheceu e me cumprimentou com um sorriso. "Eu estava espiando a vizinha tomando sol no quintal", ele disse. "Minha mulher decidiu me cegar."

Ele cumprimentou o Georgie com um aperto de mão. Georgie não o conhecia. "Mas quem é você, hein?", ele perguntou a Terrence Weber.

Algumas horas antes disso, Georgie dissera uma coisa que tinha resumido, de súbito e por completo, por que éramos diferentes. Estávamos no carro voltando para a cidade pela Antiga Rodovia, por aquela paisagem sem graça. Demos carona para um menino que eu conhecia. Paramos a caminhonete e o menino veio andando devagar, subindo pelo campo como se saísse da boca de um vulcão. Seu nome era Hardee. A cara dele estava pior do que a nossa devia estar.

"A gente travou e dormiu na caminhonete ontem à noite", eu disse a Hardee.

"Eu tive a impressão", Hardee disse, "de que ou tinha sido isso, ou, enfim, que vocês tinham viajado mil quilômetros."

"Isso também", eu disse.

"Ou que estavam com alguma doença, infecção, sei lá."

"Quem é esse cara?", Georgie perguntou.

"É o Hardee. Ele morou comigo no verão passado. Encontrei ele na frente da minha casa. O que aconteceu com o seu cachorro?", perguntei a Hardee.

"Ele continua lá."

"É, eu fiquei sabendo que você foi para o Texas."

"Eu estava trabalhando numa criação de abelhas", Hardee disse.

"Caramba. E elas picam?"

"Não do jeito que a gente acha", Hardee respondeu. "Você vira parte da rotina delas. Tudo entra em sintonia."

Lá fora, a mesma terra idêntica passava repetidamente diante dos nossos olhos. Era um dia sem nuvens, ofuscante. Mas Georgie disse "olha aquilo", apontando bem à nossa frente.

Uma estrela estava tão quente que aparecia, acesa e azul, no céu vazio.

"Eu te reconheci na hora", eu disse a Hardee. "Mas o que aconteceu com o seu cabelo? Quem cortou?"

"Sinto dizer..."

"Não me diga."

"Me convocaram."

"Ah, não."

"Ah, sim. Vou DESERTAR. Vou DESERTAR mesmo. Tenho que chegar logo no Canadá."

"Nossa, que horror", eu disse a Hardee.

"Não se preocupa", Georgie disse. "A gente vai sair daqui."

"Como?"

"De algum jeito. Acho que eu tenho uns contatos. Não se preocupa. Você está a caminho do Canadá."

Aquele mundo! Hoje em dia apagaram tudo, enrolaram como se fosse um pergaminho e enfiaram em algum lugar. Sim, eu consigo até senti-lo na mão. Mas cadê ele?

Depois de um tempo Hardee perguntou para Georgie: "Com o que você trabalha?", e Georgie respondeu: "Eu salvo vidas".

Casamento sujo

Eu gostava de sentar bem na frente e passar o dia inteiro andando nos mais rápidos, gostava quando eles praticamente roçavam nos prédios ao norte do Loop e gostava mais ainda quando os prédios iam parecendo menores e ficando cada vez mais decrépitos um pouco mais ao norte, os que tinham gente (pelas janelas você via um homem numa cozinha suja e vazia levando uma colherada de sopa em direção ao rosto, ou doze crianças deitadas de bruços no chão, vendo TV, mas num instante elas sumiam, varridas pelo outdoor de um filme em que uma mulher aparecia dando uma piscadinha e encostando a língua no lábio superior com a maior destreza, e ela, por sua vez, acabava sendo apagada por um — *pá!*, o ruído e o breu caíam e cobriam a nossa cabeça — túnel) que de fato morava lá.

Eu tinha vinte e cinco, vinte e seis anos, por aí. Meus dedos estavam todos amarelos por causa do cigarro. Minha namorada estava grávida.

O metrô custava cinquenta centavos, noventa centavos, um dólar. Eu não lembro mesmo.

Na frente da clínica de aborto, as pessoas que estavam protestando jogaram gotas de água benta na gente e enrolaram seus terços nas mãos. Um homem de óculos escuros seguiu a Michelle enquanto ela subia os grandes degraus da entrada, entoando baixinho no ouvido dela. Acho que ele estava rezando. Mas o que a oração dele dizia? Eu não me incomodaria em perguntar pra ela. Mas o inverno chegou, as montanhas à minha volta são altas e estão cobertas de neve, e agora eu nunca ia conseguir encontrá-la.

Michelle entregou sua ficha à enfermeira do terceiro andar. Ela e a enfermeira entraram juntas num ambiente separado por uma cortina.

Eu fui andando pelo corredor no qual estavam transmitindo um vídeo curto sobre vasectomia. Muito depois eu disse a ela que eu tinha, na verdade, feito uma vasectomia muito tempo antes e que ela devia ter engravidado de algum outro cara. Uma vez eu também disse a ela que tinha um câncer incurável e logo ia morrer e sumir, pra sempre. Mas nada que eu pudesse inventar, por mais dramático ou absolutamente tenebroso que fosse, nunca a fazia se arrepender de seus pecados ou me amar do jeito que ela me amava no início, antes de me conhecer de verdade.

Mas, enfim, eles passaram o filme para o nosso grupo. Éramos dois ou três ou quatro e estávamos esperando as mulheres do outro lado do corredor. A cena me parecia embaçada porque eu estava preocupado com o que podiam estar fazendo com a Michelle e com as outras mulheres e, é claro, com os fetozinhos. Depois do filme eu conversei com um homem sobre vasectomia. Um homem de bigode. Não gostei dele.

"Você tem que ter certeza", ele disse.

"Eu nunca mais vou engravidar ninguém. Disso eu sei."

"Você gostaria de marcar um horário?"

"Você gostaria de me dar o dinheiro?"

"Não vai demorar muito pra conseguir juntar o dinheiro."

"Vai demorar uma vida pra conseguir juntar o dinheiro", eu o corrigi.

Aí eu sentei na sala de espera que ficava do outro lado do corredor. Depois de quarenta e cinco minutos a enfermeira saiu e me disse: "Agora a Michelle está descansando".

"Ela morreu?"

"É claro que não."

"Eu meio que queria que ela tivesse morrido."

Ela fez uma cara assustada. "Não sei se entendi o que você disse."

Passei pela cortina e entrei para ver a Michelle. Ela estava fedendo.

"Tudo bem com você?"

"Tudo bem."

"O que eles enfiaram aí dentro?"

"Quê?", ela disse. "*Quê?*"

A enfermeira disse: "Ei, já pra fora. Já pra fora daqui".

Ela passou pela cortina e voltou com um cara negro fortão que estava usando uma camisa branca engomada e um daqueles distintivos de ouro falso. "Acho que esse homem não deveria estar aqui no prédio", ela disse para ele, e depois disse para mim: "Será que o senhor não gostaria de esperar lá fora?".

"Claro, claro, claro", eu disse, e fui descendo a grande escada, e saindo do prédio eu disse: "Claro, claro, claro, claro, claro, claro, claro".

Lá fora estava chovendo e quase todos os católicos estavam amontoados debaixo do toldo do prédio vizinho, segurando as placas e cartazes no alto para se proteger da chuva. Eles jogaram água benta no meu rosto e na minha nuca, e eu não senti nada. Por muitos anos.

Agora eu não sabia o que fazer, a não ser ficar andando na linha elevada do metrô.

Entrei em um dos vagões bem quando as portas iam se fechar; como se o metrô estivesse esperando só por mim.

E se só existisse neve? Neve por todo lado, fria e branca, preenchendo tudo? E eu só sigo a minha intuição e atravesso esse inverno, até chegar a um bosque de árvores brancas. E ela me deixa entrar.

As rodas gritaram, e de repente só vi os sapatos feios de todo mundo. O som cessou. Passamos por cenários solitários, cortantes.

Por entre os bairros e além das plataformas, senti a vida cancelada me perseguindo e sonhando. Sim, um fantasma. Um vestígio. Algo que restou.

Em uma das paradas no fim da linha, houve um problema com as portas. Estávamos atrasados, ou pelo menos aqueles entre nós que tinham de chegar a algum lugar. O trem esperou por um bom tempo num sono perturbado. Depois fez um chiado suave. Dá pra saber que ele vai se mexer antes que ele se mexa.

Um cara entrou bem quando as portas iam se fechar. O metrô tinha esperado por ele todo esse tempo, nem um segundo a mais depois de sua chegada, nem sequer meio segundo, e só então quebrou o misterioso cristal da inércia. A gente tinha apanhado aquele homem e tinha voltado a andar. Ele sentou perto da frente do vagão, totalmente alheio à própria importância. Com que destino feliz ou miserável ele tinha um horário marcado do outro lado do rio?

Resolvi segui-lo.

Várias paradas depois ele saiu do trem e se dirigiu a uma série de prédios geminados baixos e repetitivos.

Ele seguia ágil, com os ombros curvados, projetando o queixo para a frente num movimento rítmico. Não olhava para a direita nem para a esquerda. Imagino que tenha feito esse caminho vinte mil vezes. Ele não percebeu nem sentiu que eu o seguia a meio quarteirão de distância.

Era um bairro polonês em algum lugar. Os bairros poloneses têm essa neve. Eles têm aquela fruta com uma luz em cima, têm aquelas músicas que ninguém encontra. Fomos parar numa lavanderia, e lá o cara tirou a camisa e a colocou numa máquina de lavar. Ele comprou um café num copo de papel numa máquina.

Ele leu os avisos que havia na parede e ficou olhando a máquina tremer, andando de um lado para o outro com uma jaqueta esportiva de material sintético. Seu peitoral era estreito e branco, e ao redor dos mamilos pequenos brotavam pelos.

Havia mais alguns homens na lavanderia. Ele conversou um pouco com eles. Consegui ouvir um deles dizer "Os policiais queriam falar com o Benny".

"Como assim? O que ele fez?"

"Ele estava com um abrigo de capuz. Estavam procurando um cara de capuz."

"O que ele fez?"

"Nada, nada. Mataram um cara aí ontem à noite."

E nesse momento o homem que eu estava seguindo veio bem na minha direção. "Você estava no L", ele disse. Ele ergueu o copo e virou um gole de café pra dentro da boca.

Dei as costas porque minha garganta estava se fechando. De repente tive uma ereção. Eu sabia que homens ficavam assim com outros homens, mas não sabia que acontecia comigo. O peitoral dele parecia o de Jesus Cristo. Acho que ele devia ser Jesus Cristo.

Eu podia ter seguido qualquer pessoa saindo daquele metrô. Teria dado na mesma.

Voltei pra passar mais um tempo rodando por cima das ruas.

Não havia nada que me impedisse de voltar para onde eu e a Michelle estávamos hospedados, mas naquela época só podíamos ficar no Rebel Motel. As camareiras cuspiam tabaco no boxe do chuveiro. O ar cheirava a inseticida. Eu não ia voltar lá para ficar esperando no quarto.

Eu e a Michelle tínhamos as nossas questões. Às vezes a situação ficava muito pesada, mas eu sentia que precisava dela. O importante era ter outra pessoa nesses hotéis que soubesse meu nome verdadeiro.

No fundo do hotel eles deixavam umas caçambas cheias de sabe-se Deus o quê. A gente não imagina qual vai ser o nosso destino, disso não há dúvida.

Imagine como seria estar encolhido e flutuando numa escuridão. Mesmo que você pudesse imaginar, mesmo que tivesse imaginação, será que você seria capaz de imaginar o contrário, esse mundo milagroso que os taoistas asiáticos chamam de "dez mil coisas"? E se a escuridão só ficasse mais escura? E se depois você morresse? Será que você ia se importar? Será que ia perceber a diferença?

Sentei na frente. Bem ao meu lado estava a cabine do condutor. Dava para senti-lo se materializando e se desmaterializando lá dentro. Na escuridão que havia sob o universo não importava se aquele maquinista era cego. Ele sentia o futuro com o rosto. E de súbito o trem ficou quietinho como se lhe faltasse ar e mais uma vez chegamos à noite.

Do outro lado, na diagonal, estava uma menininha negra linda de uns dezesseis anos, mais ou menos, toda torta de heroína. Não conseguia nem erguer a cabeça. Não conseguia ficar sem voltar pro sonho. Ela sabia: caralho, a gente podia muito bem ter bebido choro de cachorro que não ia fazer diferença. A única coisa que importava era que a gente estava vivo.

"Eu nunca provei mel escuro", eu disse pra ela.

Ela coçou o nariz e fechou os olhos, o rosto mergulhando no paraíso.

Eu disse: "Ei".

"Escuro? Eu não sou negra", ela disse. "Eu sou amarela. Não me chama de negra."

"Eu queria usar um pouco do que você usou", eu disse.

"Já foi, cara. Já foi, já foi, já foi." Ela riu que nem Deus. Quem era eu pra julgá-la?

"Será que tem como arranjar mais?"

"Quanto você quer? Tem dez aí?"

"Talvez. Tenho."

"Eu te levo aqui embaixo", ela disse. "Eu te levo lá no Savoy." E depois de mais duas paradas ela me levou para a rua, onde havia algumas pessoas em pé ao redor de latas de lixo que estavam pegando fogo, essas coisas, resmungando e cantando. Havia telas de arame cobrindo os postes de luz e os semáforos.

Eu sei que tem gente que acredita que, onde quer que você olhe, você só vê a si mesmo. Por causa de momentos como esse eu me pergunto se essas pessoas não têm razão.

O Savoy Hotel era um lugar ruim. Ali a realidade ia se dando à medida que o edifício subia diante da Primeira Avenida, de forma que os andares mais altos se desfaziam gota por gota no espaço. Monstros se arrastavam pelas escadas. No subsolo havia um bar que ocupava três lados de um retângulo, do tamanho de uma piscina olímpica, e um palco de dança com uma cortina dourada muito grossa que nunca se mexia. Todo mundo sabia o que fazer. As pessoas pagavam a conta com notas que elas tinham fabricado com um pedaço de uma nota de vinte colado numa nota de um. Havia um homem com um chapéu preto e alto, um capacete de cabelo loiro grosso e uma barba loira bem desenhada. Ele parecia querer estar ali. Como ele sabia o que fazer? Mulheres bonitas que estavam nos limites do meu campo de visão desapareciam quando eu olhava para elas. Inverno lá fora. À tarde já era noite. Sombrio, sombrio o Happy Hour. Eu não sabia as regras. Eu não sabia o que fazer.

A última vez que eu estivera no Savoy tinha sido em Omaha. Eu tinha passado mais de um ano sem nem chegar perto dele, mas eu estava ficando cada vez mais doente. Quando tossia eu via vaga-lumes.

Tudo lá embaixo era vermelho, menos a cortina. Era que nem um filme de uma coisa que estava acontecendo de verdade. Cafetões negros de casaco de pele. As mulheres eram espaços vazios e brilhantes nos quais fotografias de meninas tristes flutuavam. "Eu vou só pegar o seu dinheiro e subir", alguém me disse.

Michelle me largou de vez pra ficar com um homem chamado John Smith, ou será que devo dizer que em um dos períodos em que estávamos separados ela caiu na graça de um homem e pouco depois deu azar e morreu? Seja como for, ela nunca mais voltou pra mim.

Eu conhecia ele, esse tal de John Smith. Uma vez ele tinha tentado me vender uma arma numa festa, e depois, na mesma festa, mandou todo mundo ficar quieto por alguns minutos porque eu estava cantando a música que tocava na rádio e ele gostava da minha voz. Michelle foi para Kansas City com ele e uma noite, quando ele estava fora, tomou um monte de comprimidos, deixando um bilhete ao seu lado, em cima do travesseiro dele, onde ele certamente o encontraria e a salvaria. Mas ele estava tão bêbado quando chegou em casa naquela noite que só caiu de bochecha em cima do bilhete que ela tinha escrito e dormiu. Quando ele acordou na manhã seguinte minha linda Michelle estava morta e gelada.

Ela era uma mulher, uma traidora e uma assassina. Homens e mulheres a desejavam. Mas eu era a única pessoa que poderia tê-la amado.

Por muitas semanas depois de sua morte, John Smith confidenciou às pessoas que Michelle estava vindo do outro lado para chamá-lo. Ela o seduziu. Conseguiu parecer mais real do que todas as pessoas visíveis que estavam ao redor dele, as pessoas que continuavam respirando, que teoricamente estavam vivas. Quando fiquei sabendo, pouco tempo depois, que John Smith tinha morrido, não me surpreendi.

No meio de uma briga no meu aniversário de vinte e quatro anos, ela foi embora da cozinha, voltou com uma pistola e, sem sair do outro lado da mesa, atirou cinco vezes na minha direção. Mas errou. Não era atrás da minha vida que ela estava. Era mais que isso. Ela queria comer meu coração e se perder no deserto com esse ato, ela queria ficar de joelhos e usar isso pra dar à luz, ela queria me ferir como só uma mãe pode ferir seu filho.

Sei que muita gente discute se isso é certo ou errado, se o bebê está vivo ou não nessa ou naquela etapa do desenvolvimento no útero. A questão não era essa. A questão não era o que os advogados faziam. Não era o que os médicos faziam, não era o que a mulher fazia. A questão era o que a mãe e o pai faziam juntos.

O outro homem

Mas eu nunca terminei de te contar sobre os dois homens. Nem comecei a descrever o segundo, que meio que conheci em Puget Sound, quando estava viajando de Bremerton, Washington, para Seattle.

Esse homem basicamente era uma dessas pessoas que ficam num barco, apoiadas na amurada como as outras, as mãos penduradas como iscas. Era um dia ensolarado, algo incomum na costa noroeste. Tenho certeza de que estávamos todos nos sentindo muito sortudos naquela balsa, entre as corcovas de ilhas muito verdes — que à luz do sol pareciam quase queimar de um jeito frio, como fósforo —, e a água das enseadas piscando pra gente na luz sincera do dia, sob um céu tão azul e acéfalo quanto o amor de Deus, apesar do cheiro, do leve sufocamento onírico causado por algum tipo de composto derivado do petróleo que usavam para selar as tábuas do convés.

Esse cara usava óculos de armação grossa e tinha um sorriso tímido, e com isso acho que costumam se referir a um sorriso que ocorre quando alguém desvia o olhar.

Era a estranheza, a incapacidade de se enturmar, o fracasso fundamental que o faziam desviar o olhar.

"Quer cervejas?"

"Tá", eu respondi.

Ele me pagou uma cerveja e me contou que era da Polônia, que estava aqui a trabalho. Eu fiquei e conversei com ele sobre as coisas de sempre. "Que dia lindo" — e com isso queríamos dizer que o tempo estava bom. Mas a gente nunca fala "O tempo está bom" ou "O tempo está agradável". A gente fala "Que dia lindo", "Que dia bonito".

O caso dele era grave. O casaco dele era fino e amarelo. É possível que aquela fosse a primeira vez que o usava. Era o tipo de casaco que um estrangeiro compraria numa loja pensando consigo mesmo "Estou comprando um casaco americano". "Você estaria tendo", ele me perguntou, "família? Algum pai, mãe, irmão, irmã?"

"Tenho um irmão, só um, e meus pais estão vivos."

Ele estava dirigindo um carro alugado e a empresa ia reembolsar todos os gastos: era um estrangeiro jovial que ganhava bem. Uma certa necessidade se instalou entre nós. Eu queria fazer parte do que estava acontecendo com ele. Foi uma coisa precipitada e instintiva. Eu não queria nada específico dele. Eu queria tudo.

Descemos a escada e entramos em seu carro alugado com cheiro de novo. Esperamos a balsa atracar, descemos a rampa e rodamos um pouco até um bar e restaurante à beira-mar, um lugar barulhento salpicado de sol e do escuro dos utensílios de cerveja.

Não perguntei se ele tinha esposa ou era pai de família. E ele não me perguntou essas coisas. "Você anda com moto? Eu ando", ele disse. "Ando com uma pequena, aquela, chamam, ah, sim, de scooter, assim que chamam. Os Hell's Angels têm moto grande, não, eu ando com a pequena, desculpe. Em Varsóvia, a minha cidade, andamos no parque depois das doze na noite, mas a regra está dizendo que não, que você não pode ir no parque depois desse horário, das doze horas, média-noite, ah, sim, meia-noite, exatamente, isso mesmo, é contra a regra, contra a lei. É uma lei, o parque fica fecho. Fechado, sim, obrigado, é uma lei e você fica um mês na cadeia se tentar. Ah, a gente se diverte muito! Eu coloco no meu capacete, e se as polícias estão atrás, elas vão... pá! Pá!... com os cassetetes. Mas não dói. Mas sempre conseguimos fugir, porque elas andam, as polícias, elas não têm transporte para aquele parque. Sempre ganhamos! Depois da média-noite, o parque sempre fica escuro."

Ele pediu licença e foi procurar um banheiro e pedir mais um jarro de cerveja.

Ainda não tínhamos falado os nossos nomes. Provavelmente não falaríamos. Em bares isso sempre, sempre, me acontecia.

Ele voltou com o jarro, encheu meu copo e se sentou. "Ah, dane-se", ele disse. "Eu não sou polonês. Sou de Cleveland."

Fiquei chocado, surpreso. De verdade. Eu não tinha desconfiado nem por um segundo. "Bom, então me conta umas histórias de Cleveland", eu disse.

"Uma vez o rio Cuyahoga pegou fogo", ele disse. "Começou a pegar fogo no meio da noite. O fogo estava se alastrando com a correnteza. Foi muito interessante ver aquilo, porque a gente quase espera que o fogo fique no mesmo lugar, enquanto a água avança embaixo dele. Os poluentes pegaram fogo. Substâncias inflamáveis e resíduos das fábricas."

"Alguma coisa do que você falou era verdade?"

"O parque é de verdade", ele disse.

"A cerveja é de verdade", eu disse.

"E os policiais, e o capacete. Eu tenho uma scooter mesmo", ele disse, e pareceu se sentir melhor por me garantir isso.

Quando contei às pessoas sobre esse homem, elas me perguntaram: "Ele deu em cima de você?". Ele deu, sim. Mas por que esse desfecho é óbvio pra todo mundo se não era nem um pouco óbvio para mim, a pessoa que de fato o conheceu e conversou com ele?

Depois, quando me deixou na frente do edifício em que meus amigos moravam, ele ficou um tempo parado, me vendo atravessar a rua, e depois foi embora, acelerando rápido.

Coloquei as mãos sobre a boca como se fosse um megafone. "Maury!", chamei, "Carol!". Sempre que ia a Seattle eu tinha que ficar ali na calçada e gritar para a janela deles, que ficava no quarto andar, porque a entrada do edifício sempre estava trancada.

"Vai embora. Sai daqui", uma voz de mulher gritou de uma janela no térreo, a janela da zeladora.

"Mas os meus amigos moram aqui", eu disse.

"Você não pode gritar na rua desse jeito", ela disse.

Ela chegou mais perto da janela. Tinha traços bem-feitos, olhos úmidos e tendões que se destacavam no pescoço. Afirmações de fanatismo religioso pareciam sair de seus lábios trêmulos.

"Desculpe, senhora", eu disse, "mas por acaso esse seu sotaque é alemão?"

"Não me venha com essa", ela disse. "Ah, quanta mentira! Vocês são todos tão simpáticos."

"Não é polonês, espero."

Voltei para a rua. "Maury!", eu gritei. Assobiei bem alto.

"Chega. Passou do limite."

"Mas eles moram ali em cima!"

"Eu vou chamar a polícia. Quer que eu chame a polícia?"

"Jesus Cristo. Sua puta!", eu disse.

"Foi o que eu pensei. O ladrão simpático vai sair correndo", ela gritou enquanto eu me afastava.

Imaginei como seria enfiar a cabeça dela numa lareira bem quente. Os gritos… A cara dela pegando fogo, queimada.

O céu estava vermelho feito uma ferida e tinha manchas pretas, as cores quase exatas de uma tatuagem. Faltavam só dois minutos para o sol morrer.

A rua na qual eu estava tinha uma longa descida na direção da Primeira e da Segunda Avenida, a parte mais baixa da cidade. Meus pés me levaram morro abaixo. Dancei de tanto desespero. Fiquei tremendo na frente de um bar chamado Kelly's, um lugarzinho simples, as entranhas imersas numa luz cafona. Olhando lá para dentro eu pensei, Já que tenho que entrar e beber com esses velhos.

Bem do outro lado da rua, tinha um hospital. Num raio de poucas quadras, havia quatro ou cinco. Dois homens de pijama estavam olhando por uma das janelas desse, no terceiro andar. Um dos homens estava falando. Eu quase conseguia visualizar o caminho que tinham feito depois de sair de seus quartos nessa noite, com a doença de cada um interrompendo tudo o que um dia tinham representado.

Duas pessoas, dois pacientes de hospital fora da cama depois do jantar, se encontram perambulando pelos corredores e ficam por um tempo numa salinha de espera que tem cheiro de bituca de cigarro, olhando o estacionamento lá fora. Esses dois, esse homem e aquele homem, não têm saúde. A solidão deles é assustadora. E aí eles se encontram.

Mas você acha que algum dia um deles vai visitar o outro no cemitério?

Empurrei a porta do Kelly's e entrei atabalhoado. Lá dentro todo mundo estava sentado segurando uma cerveja com uma mão gorda enquanto a jukebox cantava baixinho para ninguém. Qualquer um pensaria que eles tinham descoberto, sentados perfeitamente quietos e com o pescoço curvado daquele jeito, como esquadrinhar mundos perdidos.

Tinha só uma mulher nesse lugar. Ela estava mais bêbada do que eu. A gente dançou e ela me contou que estava no exército.

"Eu tô trancado pra fora da casa dos meus amigos", eu disse a ela.

"Não se preocupa com uma coisa dessas", ela disse, e me deu um beijo no rosto.

Eu a abracei apertado. Ela era baixinha, do tamanho perfeito para mim. Eu a puxei pra perto.

Entre os homens que estavam à nossa volta, um pigarreou. O baixo ecoava pelo assoalho, mas duvido que chegasse até onde eles estavam.

"Deixa eu te beijar", eu implorei. Os lábios dela tinham gosto de coisa barata. "Me deixa ir pra casa com você", eu disse. Ela me beijou com doçura.

Ela tinha feito um delineado preto no olho. Adorei os olhos dela. "Meu marido tá em casa", ela disse. "A gente não pode ir pra lá."

"De repente a gente pode ir pra um hotel."

"Depende do tanto de dinheiro que você tem."

"Não tenho muito. Não tenho muito", eu admiti.

"Vou ter que te levar pra minha casa."

Ela me beijou.

"Mas e o seu marido?"

Ela só continuou me beijando enquanto dançávamos. A única coisa que restava para aqueles homens fazerem era observar, ou olhar para seus copos de cerveja. Não lembro o que estava tocando, mas naquela época em Seattle a música triste que todo mundo queria ouvir na jukebox se chamava "Misty Blue"; devia estar tocando "Misty Blue" enquanto eu a abraçava e sentia suas costelas se mexendo nas minhas mãos.

"Não vou deixar você fugir", eu disse a ela.

"Eu podia te levar pra casa. Você podia dormir no sofá. Aí depois eu podia ir te encontrar."

"Com o seu marido no quarto?"

"Ele vai estar dormindo. Eu podia falar que você é meu primo."

Nos grudamos um no outro com delicadeza e violência. "Eu quero fazer amor com você, meu bem", ela disse.

"Ai, meu Deus. Mas não sei, com o seu marido lá..."

"Faz amor comigo", ela implorou. Ela chorava encostada no meu peito.

"Há quanto tempo você é casada?", perguntei.

"Desde sexta."

"Sexta?"

"Eles me deram uma licença de quatro dias."

"Você está dizendo que o seu casamento foi anteontem?"

"Eu podia falar que você é meu irmão", ela sugeriu.

Primeiro encostei meus lábios no lábio superior dela, depois na parte de baixo do beiço, e depois beijei sua boca inteira, minha boca em sua boca aberta, e lá dentro a gente se encontrou.

Estava ali. Estava sim. O longo caminho pelo corredor. A porta que se abre. A bela desconhecida. A lua rasgada e remendada. Nossas mãos afastando as lágrimas com um toque. Estava ali.

Happy Hour

Eu estava atrás de uma dançarina do ventre de dezessete anos que andava com um menino que dizia ser seu irmão, mas não era seu irmão, era só um menino que estava apaixonado por ela, e ela o deixava segui-la porque às vezes a vida é assim.

Eu também estava apaixonado por ela. Mas ela ainda estava apaixonada por um homem que tinha ido pra cadeia havia pouco tempo.

Procurei nos piores lugares, no Vietnam Bar e daí por diante.

O bartender perguntou: "Quer alguma coisa?".

"Ele não tem dinheiro pra beber."

Eu tinha, mas não pra beber por duas horas inteiras.

Tentei o Jimjam Club. Índios de Klamath ou Kootenai ou algum lugar mais pra cima — British Columbia, Saskatchewan — estavam sentados enfileirados ao longo do bar como pequenos ícones, ou bonequinhas gordas, coisas maltratadas pelas mãos de uma criança. Ela não estava ali.

Um cara, o Nez Perce, com seus olhos puxados, seus olhos pretos, quase me derrubou da banqueta com uma cotovelada quando foi se debruçar para pedir o vinho do porto mais barato que tinham. Eu disse: "Ei, eu não estava jogando sinuca com você ontem?".

"Não, acho que não."

"E você disse que se eu ganhasse você ia trocar dinheiro rapidinho e me pagava?"

"Eu não estava aqui ontem. Eu estava viajando."

"E aí você nunca me pagou os vinte e cinco centavos. Você me deve vinte e cinco centavos, cara."

"Eu te dei os vinte e cinco centavos. Coloquei as moedas bem do lado da sua mão. Duas de dez e uma de cinco."

"Alguém vai se foder por causa disso."

"Eu que não vou. Eu te paguei. Deve ter caído no chão."

"Sabe quando *passou* do limite? Sabe quando acabou?"

"Eddie, Eddie", o índio disse para o bartender, "você achou alguma moeda aqui no chão ontem? Você varreu o chão? Você varreu alguma coisa assim, talvez duas moedas de dez e uma de cinco?"

"Devo ter achado, quase sempre acho. Que que tem?"

"Viu?", o cara me disse.

"Vocês me cansam tanto", eu disse. "Não consigo nem mexer a mão. Vocês todos."

"Olha, eu não ia te sacanear por causa de umas moedinhas."

"Todos vocês, sem exceção."

"Você quer vinte e cinco centavos? Que idiotice. Toma."

"Foda-se. Some daqui", eu disse, saindo de perto dele.

"Toma as moedas", ele disse, muito alto, agora que viu que eu não ia pegar nada.

Bem na noite anterior, ela tinha me deixado dormir na mesma cama, não exatamente com ela, mas junto dela. Ela estava ficando na casa de três universitárias, duas das quais tinham namorados taiwaneses. Seu irmão de mentira dormia no chão. Quando levantamos de manhã ele não disse nada. Ele nunca dizia nada — era o segredo do sucesso dele, se é que podemos chamar assim. Dei quatro dólares, quase todo o dinheiro que tinha, para uma das universitárias e seu namorado, que não falava inglês. Eles iam comprar maconha taiwanesa pra gente. Fiquei na janela olhando o estacionamento do prédio enquanto o irmão escovava os dentes, e os vi sair com meu dinheiro num sedã verde. Eles bateram num telefone público antes mesmo de sair do estacionamento. Desceram do carro e saíram cambaleando, deixando as portas abertas, segurando uns nos outros, os cabelos voando com o vento em cima do rosto.

Eu estava sentado no ônibus municipal — isso foi em Seattle — naquela manhã, algumas horas depois. Eu estava bem na frente, no banco comprido que fica de lado. Uma mulher na minha frente segurava no colo um livro didático bem grosso de literatura inglesa. Ao lado dela estava um homem negro de pele clara. "Pois é", ela disse a ele. "Hoje é o dia do pagamento. E a sensação é ótima, apesar de não durar nada." Ele olhou para ela. Ele tinha uma testa grande que o fazia parecer alguém que pensava muito. "Bom", ele disse, "eu só tenho mais vinte e quatro horas na cidade."

O tempo lá fora estava limpo e calmo. Em Seattle a maioria dos dias era cinza, mas agora eu só me lembro dos ensolarados.

Fiquei andando de ônibus por três ou quatro horas. A essa altura uma jamaicana enorme estava dirigindo o negócio. "Você não pode só ficar sentado no ônibus", ela disse, falando comigo pelo espelho retrovisor. "Você tem que ir pra algum lugar."

"Então eu vou descer na biblioteca", eu disse.

"Ótimo."

"Eu sei que é ótimo", eu disse a ela.

Fiquei na biblioteca, acachapado pelo potencial inflamável daquelas palavras — muitas delas insondáveis — até o Happy Hour. Aí eu fui embora.

O trânsito estava implacável, as calçadas lotadas, as pessoas pareciam preocupadas e cruéis, porque o Happy Hour coincidia com a Hora do Rush.

No Happy Hour, quando você paga uma bebida, ele te dá duas.

O Happy Hour dura duas horas.

Passei todo esse tempo de olho na dançarina do ventre. O nome dela era Angelique. Eu queria encontrá-la porque, apesar de seus outros casos, ela parecia gostar de mim. Eu gostei dela no minuto em que a vi pela primeira vez. Ela estava descansando numa mesa entre uma apresentação e outra na boate grega onde trabalhava como dançarina. Um pouco da luz do palco resvalava nela. Ela estava muito frágil. Parecia estar pensando em algo muito distante, esperando com a maior paciência que alguém chegasse para destruí-la. Uma das outras dançarinas, uma figura meio masculina de cabelo curtinho, ficou perto dela e disse, "O que você acha que tá fazendo, moleque?", para um marinheiro que queria lhe pagar uma bebida. A própria Angelique não disse nada. Essa tristeza virginal não era de todo falsa. Havia um lado dela que ela ainda não tinha permitido nascer porque era lindo demais para esse lugar, isso era verdade. Mas fora isso ela era uma biscate rodada. "Só tentando me virar", o marinheiro disse. "Do jeito que cobram caro por essas bebidas, a gente pensa que pelo menos vai ser bem tratado." "Ela não precisa dos seus elogios", a dançarina mais velha disse. "Ela tá cansada."

A essa altura eram seis horas. Fui andando e parei no bar grego. Mas me disseram que ela tinha saído da cidade.

O dia estava terminando de um jeito intenso e glorioso. Os navios no Sound pareciam silhuetas de papel que o sol chupava.

Tomei duas doses duplas e na mesma hora senti que tinha morrido havia muito tempo e agora finalmente tinha acordado.

Eu estava no Pig Alley. Ficava bem no porto, uma construção sobre a água num píer meio carcomido e que tinha um assoalho de compensado com carpete e um bar de fórmica. A fumaça de cigarro parecia sobrenatural. O sol descia por entre o telhado de nuvens, incendiava o mar e invadia a grande janela panorâmica com uma luz derretida, e assim nos lançávamos nos negócios e no sonho sob uma névoa brilhante. As pessoas que entravam nos bares da Primeira Avenida desistiam do próprio corpo. Aí só dava pra ver os demônios que moravam dentro da gente. Almas que tinham cometido afrontas umas com as outras se encontravam nesse lugar. O estuprador encontrava sua vítima, o filho rejeitado deparava com a mãe. Mas não existia cura pra nada, o espelho era uma faca dividindo tudo de si, lágrimas de um falso companheirismo caíam sobre o bar. E agora o que você vai fazer comigo? De que forma, exatamente, você pretende me assustar?

Tinha acontecido uma coisa constrangedora na biblioteca. Um senhor mais velho tinha vindo do balcão com seus livros debaixo do braço e me abordado com uma voz baixinha, num tom de mocinha. "Seu zíper", ele disse, "está aberto. Achei melhor te avisar."

"Tá", eu disse. Estiquei o braço depressa e fechei a calça.

"Tinha bastante gente olhando", ele disse.

"Tá. Obrigado."

"Por nada", ele disse.

Eu podia ter dado uma chave de braço nele bem naquele momento, bem ali na biblioteca, e matado aquele homem. Muita coisa estranha já aconteceu neste mundo. Mas ele saiu andando.

O Pig Alley era um lugar barato. Fiquei sentado perto de uma enfermeira sem uniforme que estava com um olho roxo.

Eu a reconheci. "E hoje, cadê seu namorado?"

"Quem?", ela perguntou num tom inocente.
"Eu dei dez dólares pra ele e ele sumiu."
"Quando?"
"Semana passada."
"Eu não vi ele."
"Ele devia ser mais adulto."
"Ele deve estar em Tacoma."
"Quantos anos ele tem, uns trinta?"
"Ele volta amanhã."
"Ele não tem mais idade pra ficar roubando as pessoas assim."
"Quer comprar uma pílula? Tô precisando do dinheiro."
"Que pílula?"
"De cogumelo psicodélico em pó."
Ela me mostrou. Não tinha como alguém engolir aquela coisa.
"Essa é a maior pílula que eu vi na minha vida."
"Te vendo por três dólares."
"Não sabia que faziam cápsulas desse tamanho. Que tamanho é esse? Número um?"
"É uma número um, sim."
"Olha isso! Parece um ovo. Parece uma coisa de Páscoa."
"Espera", ela disse, olhando o meu dinheiro. "Não, é isso mesmo... Três dólares. Tem dias em que não consigo nem fazer conta!"
"Toma."
"Continua bebendo. Manda pra dentro. Bebe a cerveja inteira."
"Nossa. Como eu fiz isso? Às vezes eu acho que não sou humano."
"Você teria outra nota? Essa tá meio amassada."
"Eu nunca tinha engolido uma número um."
"É bem grande, mesmo."
"É a maior que tem. É pra cavalo?"
"Não."

"Deve ser pra cavalo."

"Não. Eles esguicham uma pasta na boca dos cavalos", ela explicou. "A pasta é tão grudenta que o cavalo não consegue cuspir. Não fazem mais pílulas pra cavalo."

"Ah, não?"

"Pararam."

"Mas se fizessem seria assim", eu disse.

Mãos firmes no Seattle General

Dentro de dois dias eu estava me barbeando, e cheguei até a fazer a barba de alguns pacientes recém-chegados, porque as drogas que haviam injetado na minha veia tinham um efeito incrível. Digo incrível porque poucas horas antes tinham me levado de cadeira de rodas pelos corredores do hospital enquanto eu alucinava uma suave chuva de verão. Nos quartos de ambos os lados, objetos — vasos, cinzeiros, camas — tinham parecido úmidos e assustadores, mal se dando ao trabalho de esconder seus verdadeiros significados.

Injetaram umas seringas cheias e senti que eu tinha deixado de ser uma coisa leve, uma coisa de isopor, e virado uma pessoa. Levei as mãos aos olhos. As mãos estavam firmes como as de uma escultura.

Fiz a barba do meu colega de quarto, Bill. "Não inventa moda com o meu bigode", ele disse.

"Por enquanto tudo bem?"

"Por enquanto."

"Vou fazer o outro lado."

"É uma boa ideia, fera."

Logo abaixo de uma das maçãs do rosto, Bill tinha uma manchinha no lugar em que uma bala tinha entrado, e do outro lado uma cicatriz um pouco maior onde tinha saído.

"Quando você levou esse tiro na cara, a bala chegou a fazer alguma coisa interessante?"

"Como eu vou saber? Eu não fiquei anotando nada. Mesmo depois que ela sai, você ainda sente que levou um tiro na cabeça."

"E essa cicatriz pequena aqui, na sua costeleta?"

"Sei lá. Talvez eu tenha nascido com ela. Nunca tinha visto essa."

"Um dia as pessoas vão ler sobre você num conto ou num poema. Quer se descrever pra essas pessoas?"

"Ah, não sei. Sou um gordo desgraçado, eu acho."

"Não, tô falando sério."

"Você não vai escrever sobre mim."

"Mas eu sou escritor."

"Bom, então fala que eu tô acima do peso."

"Ele tá acima do peso."

"Já atiraram em mim duas vezes."

"Duas?"

"Uma por mulher, num total de três balas que fizeram quatro buracos, três na hora de entrar e um pra sair."

"E você continua vivo?"

"Você vai mudar alguma coisa no seu poema?"

"Não, vou usar sem mudar nada."

"Que pena, porque me perguntar se eu tô vivo te faz parecer meio burro. Porque é óbvio que tô."

"Mas de repente eu tô falando num sentido mais profundo. Você pode estar andando e falando, mas não estar vivo num sentido mais profundo."

"Acho que essa merda que a gente tá vivendo aqui é o máximo de profundidade que eu alcanço."

"Como assim? Aqui é ótimo. Dão até cigarro pra gente."

"Não me deram nenhum."

"Toma."

"Ah, obrigado."

"Me devolve quando te derem o seu."

"Vou pensar."

"O que você falou quando ela te deu um tiro?"

"Eu disse: 'Você me deu um tiro!'"

"Das duas vezes? Pras duas mulheres?"

"Da primeira vez eu não falei nada, porque ela atirou na minha boca."

"Então você não podia falar."

"Eu apaguei na hora, por isso não podia falar. E ainda lembro o sonho que tive quando estava fora do ar daquela vez."

"Qual foi o sonho?"

"Como eu vou te explicar? Foi um sonho. Não tinha sentido nenhum, cara. Mas eu lembro tudo."

"Não consegue descrever nem uma parte?"

"Não consigo mesmo. Desculpa."

"Qualquer coisa. Qualquer coisa mesmo."

"Bom, pra começar, esse sonho sempre acaba voltando, sempre. Digo, quando tô acordado. Toda vez que lembro da minha primeira esposa, lembro que ela me deu um tiro, e aí lá vem aquele sonho...

"E o sonho não era... não tinha nada de triste. Mas quando eu lembro eu fico meio *Puta que pariu, cara, ela me deu um tiro mesmo. E olha aquele sonho aí de novo.*"

"Você já viu aquele filme do Elvis Presley, *Em cada sonho um amor?*"

"*Em cada sonho um amor*. Vi, sim. Eu ia falar dele agora."

"Tá. Terminei. Olha no espelho."

"Certo."

"O que você vê?"

"Como eu fiquei tão gordo, se eu nunca como?"

"Só isso?"

"Ah, sei lá. Acabei de chegar aqui."

"E a sua vida?"

"Há! Essa é boa."

"E o seu passado?"
"O que tem ele?"
"Quando olha pra trás, o que você vê?"
"Um monte de carro batido."
"Tem gente dentro dos carros?"
"Tem."
"Quem?"
"Gente que virou presunto, cara."
"É desse jeito mesmo?"
"Como é que eu vou saber? Eu acabei de chegar aqui. E esse lugar é uma merda."
"Tá de brincadeira? Eles dão Haldol à vontade pra gente. Isso aqui é uma colônia de férias."
"Tomara. Porque eu já passei por lugar em que só te enrolam num lençol molhado e te colocam pra morder um brinquedinho de borracha pra cachorro."
"Eu ia gostar de morar aqui duas semanas por mês."
"Bom, eu sou mais velho que você. Você ainda pode dar mais umas voltas nessa roda e sair com os braços e as pernas inteiros. Eu não."
"Ah, para com isso. Você tá ótimo."
"Fala isso aqui."
"Falar no buraco de tiro?"
"Fala no meu buraco de tiro. Fala que eu tô ótimo."

Beverly Home

Às vezes no meu intervalo do almoço eu ia a um grande berçário que ficava do outro lado da rua, um edifício envidraçado cheio de plantas e terra molhada e um clima de sexo frio e morto. Nesse período de uma hora a mesma mulher sempre aguava os canteiros escuros com uma mangueira. Uma vez eu falei com ela, mais sobre mim do que qualquer outra coisa, e, numa decisão idiota, sobre os meus problemas. Pedi o número dela. Ela disse que não tinha telefone, e tive a impressão de que ela estava escondendo a mão esquerda de propósito, talvez porque usasse aliança. Ela queria que eu passasse para vê-la de novo algum outro dia. Mas fui embora sabendo que não ia voltar. Ela parecia muito adulta pra mim.

E às vezes uma tempestade de poeira avançava no deserto, subindo tão alto que parecia quase uma outra cidade — uma nova era medonha que vinha chegando, embaçando nossos sonhos.

Por dentro eu não passava de um cachorro chorão. Procurava trabalho porque parecia que as pessoas achavam que eu devia procurar trabalho, e quando conseguia emprego eu achava que estava feliz porque essas mesmas pessoas — conselheiros e membros do Narcóticos Anônimos e por aí vai — pareciam pensar que ter emprego era motivo de felicidade.

Ao ouvir o nome "Beverly", talvez você pense em Beverly Hills — nas pessoas que ficam andando pela rua com a cabeça arrebentada pelo dinheiro.

Quanto a mim, eu não me lembro de algum dia ter conhecido alguém que se chamasse Beverly. Mas é um nome bonito, sonoro. Eu trabalhava num hospital azul-turquesa em forma de O, que atendia idosos e que se chamava assim.

Nem todo mundo que morava na Beverly Home era velho e indefeso. Algumas pessoas eram jovens, mas estavam paralisadas. Algumas não tinham chegado nem aos cinquenta anos, mas já tinham perdido a sanidade. Outras estavam ótimas, só que eram proibidas de andar na rua porque tinham deformidades terríveis. Elas faziam Deus parecer um maníaco irresponsável. Um homem tinha uma doença óssea congênita que o transformara num monstro de dois metros e dez. O nome dele era Robert. Todos os dias Robert vestia um terno elegante, ou um conjunto de blazer e calça. As mãos dele tinham quarenta e cinco centímetros de comprimento. A cabeça dele parecia uma castanha de vinte quilos com uma cara no meio. Você e eu não sabemos que essas doenças existem até termos uma coisa assim, e aí também vão esconder a gente em algum lugar.

Esse era um emprego de meio período. Eu cuidava do jornalzinho da instituição, que não passava de algumas páginas mimeografadas que eram distribuídas duas vezes por mês. Tocar nas pessoas também fazia parte do meu trabalho. Os pacientes não tinham nada pra fazer, a não ser cambalear ou empurrar a cadeira de rodas em rebanho pelos corredores largos. Era uma via de mão única, essa era a única regra. Eu andava contra a corrente, como tinha sido instruído, cumprimentando todo mundo e apertando suas mãos ou segurando seus ombros, porque eles precisavam de toque e nem sempre recebiam. Eu sempre dava oi para um homem grisalho de quarenta e poucos anos que era forte e musculoso, mas completamente caduco. Ele me agarrava pela camisa e dizia coisas como "Sonhar custa caro". Eu cobria os dedos dele com os meus. Ali perto havia uma mulher que estava quase caindo da cadeira de rodas e berrando, "Meu Senhor? Meu Senhor?". Seus pés apontavam para a esquerda, sua cabeça estava virada para a direita e seus braços se contorciam ao seu redor como fitas em uma festa do mastro. Encostei no cabelo dela. Enquanto isso, vagavam ao nosso redor aquelas pessoas cujos olhos me lembravam nuvens e cujos corpos me lembravam travesseiros. E havia outros, de quem toda a carne parecia ter sido sugada pelas máquinas estranhas que guardavam nos armários desse lugar — coisas higiênicas. A maior parte dessas pessoas já tinha se perdido tanto que não conseguia mais tomar banho sozinha. Profissionais que usavam mangueiras brilhantes com pontas sofisticadas tinham que dar banho nelas.

Havia um cara que tinha esclerose múltipla, uma coisa assim. Um espasmo perpétuo o fazia se esticar para o lado na cadeira de rodas e ficar olhando bem de perto para os próprios dedos enrijecidos. Essa doença o tinha acometido de repente. Ele nunca recebia visita. A esposa tinha pedido o divórcio. Ele só tinha trinta e três anos, pelo que me disse, mas era difícil adivinhar o que dizia porque na verdade ele não conseguia mais falar; ele no máximo botava a língua pra fora e ficava contorcendo os lábios e grunhindo.

Ele não precisava mais fingir! Era um desastre assumido. Enquanto isso, a gente vai tentando se enganar e enganar os outros.

Eu sempre passava pra dar uma olhada em um homem chamado Frank, que tinha as duas pernas amputadas logo acima dos joelhos, ele me cumprimentava com uma tristeza autoritária e indicava com a cabeça a calça de pijama sem nada dentro.

Ele passava o dia inteiro vendo TV na cama. Não era pelo estado físico que ele continuava ali, era pela tristeza.

O asilo ficava numa rua sem saída no leste de Phoenix, e dali se via o deserto que circundava a cidade. Isso foi na primavera daquele ano, a estação na qual algumas espécies de cactos davam florzinhas minúsculas pelos espinhos. Para pegar o ônibus que me levava para casa, eu andava por um terreno baldio todos os dias, e às vezes dava de cara com uma dessas — uma florzinha laranja que parecia ter caído de Andrômeda e ido parar ali, rodeada por um pedaço de mundo que tinha sido pintado quase inteiro de mil e cem tons de marrom, sob um céu cujo azul parecia se perder na própria vastidão. Zonzo, fascinado: eu me sentia como se estivesse andando e tivesse dado de cara com um elfo sentadinho numa cadeira. Os dias no deserto já estavam pegando fogo, mas nada podia sufocar aquelas flores.

Também teve um dia em que eu tinha atravessado o terreno e andava por uma fileira de casas geminadas para chegar ao ponto de ônibus quando ouvi uma mulher cantando no chuveiro. Pensei em sereias: a música confusa da água caindo, a suave canção da câmara úmida. A tardezinha tinha caído e o calor emanava dos edifícios lá no alto. Era a hora do rush, mas o céu do deserto sempre acaba absorvendo os sons do trânsito e os fazendo parecer lentos e mínimos. A voz dela era a única coisa que eu escutava com clareza.

Ela cantava com a inconsciência e a indiferença de um náufrago. Ela não devia desconfiar que alguém poderia ouvi-la. A música parecia um hino religioso irlandês.

Eu pensei que talvez tivesse altura suficiente para espiar a janela do banheiro, e não me pareceu que alguém pudesse me pegar no flagra.

Costumam adotar o paisagismo do deserto nesse tipo de casa — cascalho e cactos no lugar do gramado. Eu tinha que andar devagar para não fazer barulho — não que alguém fosse ouvir meus passos. Mas eu mesmo não queria ouvi-los.

Debaixo da janela me camuflei entre uma treliça e uma trepadeira de glórias-da-manhã. Os carros continuaram passando como sempre; ninguém me viu. Era uma daquelas janelas de banheiro altas e pequenas. Tive que ficar na ponta dos pés e me apoiar no parapeito para erguer a cabeça o suficiente. Ela já tinha saído do chuveiro, uma mulher tão delicada e jovem quanto sua voz, mas não uma menina. Estava mais pra gordinha. Tinha cabelos claros que desciam lisos e molhados quase até o cóccix. O rosto estava virado. O espelho estava embaçado com o vapor, e a janela também, só um pouquinho; do contrário ela talvez tivesse visto ali os meus olhos refletidos atrás dela. Eu senti que não tinha mais peso. Não tive dificuldade para me segurar ao parapeito. Eu sabia que se soltasse não teria a pachorra de voltar a enfiar a cabeça ali — a essa altura ela talvez já tivesse se virado de frente para a janela e talvez desse um grito.

Ela se secou de forma brusca e apressada, sem nunca se tocar de um jeito demorado ou particularmente sensual. Isso me decepcionou. Mas também me pareceu virginal e excitante. Cogitei quebrar o vidro e estuprá-la. Mas eu sentiria vergonha se ela me visse. Pensei que eu talvez fosse capaz de fazer uma coisa assim se estivesse de máscara.

Meu ônibus passou. O ônibus 24 — ele nem desacelerou. Eu o vi de canto de olho, mas percebi que todo mundo dentro dele devia estar muito cansado só pela postura, curvados e oscilando. Muitas daquelas pessoas me pareciam vagamente familiares. Nós costumávamos ir e voltar no mesmo ônibus, de casa para o trabalho, do trabalho para casa, mas essa noite não.

Ainda não estava tão escuro. Mas os carros, sim, já tinham diminuído a essa altura, a maioria dos usuários do transporte público já estava na sala de casa vendo TV. Mas o marido dela não. Ele chegou dirigindo quando eu estava lá na janela do banheiro da casa dele tentando espiar sua mulher. Eu tive uma impressão, uma sensação horrível na nuca, e me esgueirei do lado de um cacto antes que o carro dele virasse na entrada da garagem, momento no qual ele teria passado os olhos pela parede em que eu estava. O carro virou na entrada e desapareceu do outro lado da casa, e eu ouvi o motor morrer e seus últimos ruídos ecoando pela noite.

Sua esposa tinha terminado de tomar banho. A porta tinha acabado de se fechar atrás dela. Nesse momento pareceu que não havia mais nada no banheiro, a não ser aquela porta reta.

Agora que tinha saído do banheiro, eu a havia perdido. Eu não conseguiria espiá-la porque as outras janelas ficavam do outro lado da casa e davam bem de frente para a rua.

Saí de lá e esperei quarenta e cinco minutos pelo próximo ônibus, que era o último do dia. A essa altura já estava bem escuro. No ônibus eu me sentei sob a luz estranha e artificial com meu caderno no colo, escrevendo o meu jornalzinho. "Também temos um novo horário para a aula de artesanato" — eu escrevi num garrancho todo tremido — "Segundas às 14h. Nosso último projeto foi confeccionar animais de massinha. Grace Wright fez um Snoopy muito elegante e Clarence Lovell fez uma canhoneira. Outros fizeram miniaturas de lagos, tartarugas, sapos, joaninhas e muito mais."

A primeira mulher com quem de fato saí nessa época foi alguém que conheci num "Baile Sóbrio", um evento social para bêbados em recuperação e viciados em drogas, gente como eu. Ela própria não tinha esses problemas, mas seu marido sim, e ele tinha sumido muito tempo atrás. Agora ela fazia trabalho voluntário sempre que podia, embora tivesse um emprego de período integral e estivesse criando uma filha pequena. Começamos a sair direto, todo sábado à noite, e também dormíamos juntos, no apartamento dela, embora eu nunca ficasse até a hora do café da manhã.

Essa mulher era bem baixinha, tinha bem menos que um metro e cinquenta, estava mais perto de um e quarenta, na verdade. Seus braços não eram proporcionais ao corpo, ou pelo menos ao torso, embora fossem proporcionais às pernas, que também eram muito menores que a média. Em linguagem médica, ela era anã. Mas essa não era a primeira coisa na qual você reparava. Ela tinha olhos grandes e mediterrâneos com uma certa dose de fumaça, mistério e má sorte. Ela tinha aprendido a se vestir de forma que você não percebesse logo de cara que ela era anã. Quando fazíamos amor tínhamos o mesmo tamanho, porque o tronco dela era normal. Eram só os braços e as pernas que tinham saído muito curtos. Fazíamos amor no chão da sala de TV da casa dela depois que ela colocava a filhinha pra dormir. Com os empregos dos dois e os horários da menininha, tínhamos que seguir a mesma espécie de agenda. Sempre estavam passando os mesmos programas quando fazíamos amor. Eram programas idiotas, programas de sábado à noite. Mas eu tinha medo de fazer amor com ela sem as conversas e as risadas daquele universo falso nos nossos ouvidos, porque não queria conhecê-la tão bem, e também não queria que a gente rompesse nenhum silêncio com os olhos.

Antes disso geralmente já tínhamos ido jantar num daqueles restaurantes mexicanos — os chiques, que tinham aquelas paredes de adobe e pinturas em veludo que ficariam cafonas na casa de qualquer pessoa — e colocado as novidades da semana em dia. Eu conversava com ela sobre o meu trabalho na Beverly Home. Estava tentando encarar a vida de outro jeito. Estava tentando me adaptar no trabalho. Eu não estava roubando. Estava tentando terminar tudo que eu começava. Essas coisas. Já ela trabalhava no balcão de atendimento de uma companhia aérea, e imagino que subisse numa caixa para fazer as transações. Ela era muito compreensiva. Com ela eu quase podia ser quem eu de fato era, exceto quando se tratava de um assunto.

A primavera chegara e os dias estavam ficando mais longos. Eu sempre perdia o ônibus porque ficava esperando para espiar a esposa do cara daquele apartamento nas casas geminadas.

Como eu era capaz de fazer isso, como era possível uma pessoa baixar tanto o nível? E eu entendo a sua pergunta, e a ela eu respondo: tá de brincadeira? Isso não é nada. Eu já tinha baixado muito mais o nível. E esperava me ver fazendo coisa muito pior.

Parar ali e observá-la enquanto ela tomava banho, observá-la nua saindo do boxe, se secar e sair do banheiro, e depois ouvir o marido chegando em casa de carro e entrando pela porta, tudo isso virou parte da minha rotina. Eles faziam a mesma coisa todos os dias. Nos fins de semana eu não sabia, porque eu não trabalhava. E de qualquer forma acho que os ônibus do fim de semana não passavam nos mesmos horários.

Às vezes eu a via e às vezes não. Ela nunca fazia nada que pudesse ser motivo de constrangimento, e eu não descobri nenhum segredo dela, ainda que quisesse, principalmente porque ela não me conhecia. Era provável que ela não conseguisse nem imaginar a minha existência.

O marido dela costumava chegar em casa antes de eu ir embora, mas não passava pelo meu campo de visão. Um dia eu fui à casa deles mais tarde do que o horário de costume e fui pela frente, em vez de dar a volta pelos fundos. Dessa vez eu passei andando pela casa bem na hora em que o marido estava saindo do carro. Não havia muito para ser visto, só um homem chegando em casa para o jantar como qualquer outra pessoa. Eu tinha curiosidade, e agora que dera uma olhada nele tive certeza de que não ia com a cara dele. Ele tinha o cocuruto careca.

O terno dele era largo, amassado, cômico. Ele usava barba, mas raspava o bigode.

Achei que ele não combinava com a esposa. Tinha uns cinquenta anos, no mínimo. Ela era jovem. Eu era jovem. Pensei em fugir com ela. Gigantes cruéis, sereias, feitiços encantadores, um desejo intenso por essas coisas parecia querer se manifestar no deserto na primavera, em suas armadilhas e fragrâncias.

Fiquei olhando o homem entrar, depois esperei no ponto do meu ônibus até a noite cair. Eu não dava a mínima para o ônibus. Eu estava esperando a escuridão, o momento em que eu poderia parar na frente da casa deles sem ser visto e olhar bem dentro da sala.

Pela janela da frente eu vi os dois jantando. Ela estava usando uma saia longa e um pano branco amarrado no alto da cabeça, uma coisa que parecia um solidéu. Antes de comer, eles baixaram a cabeça e rezaram por uns bons três ou quatro minutos.

Tinha me ocorrido que o marido parecia muito sisudo, muito antiquado, com aquele terno escuro e aqueles sapatos grandes, a barba de Lincoln e a careca brilhante. Vendo a esposa com um traje do mesmo tipo, eu entendi: eles eram amish, ou menonitas, o que parecia mais provável. Eu sabia que os menonitas faziam missões em outros países, se dedicavam a um trabalho solitário de caridade em mundos estranhos nos quais ninguém falava sua língua. Mas eu não esperava encontrar dois deles isolados em Phoenix, morando num apartamento, porque essas seitas geralmente preferiam a zona rural. Havia um centro de formação bíblica perto dali; eles deviam ter vindo estudar alguma coisa lá.

Fiquei animado. Eu queria ver os dois trepando. Pensei em como eu podia dar um jeito de estar ali quando isso acontecesse. Se um dia eu fosse até ali tarde da noite, eu ia conseguir ficar junto da janela do quarto sem que me vissem da rua. Só de pensar nisso fiquei zonzo. Eu estava com nojo de mim mesmo e cheio de alegria. Esperar um vislumbre dela saindo do chuveiro já não me parecia suficiente, e eu saí e voltei e esperei o ônibus 24. Mas ficou tarde demais, porque o último ônibus já tinha passado.

Às quintas-feiras na Beverly Home eles reuniam os pacientes mais velhos e os colocavam em cadeiras na cantina, depois lhes davam leite em copos de papel e biscoitos em pratos de papel. Eles faziam uma brincadeira chamada "Eu lembro" — faziam isso pra que eles se interessassem pelas informações da própria vida antes de ficarem caducos de vez. Cada um comentava o que tinha acontecido naquele dia de manhã, o que tinha acontecido na semana anterior, o que tinha acontecido nos últimos minutos.

De vez em quando faziam uma festinha, com bolo, para celebrar mais um ano igualzinho aos outros na vida de alguém. Eu tinha uma lista de datas e mantinha todo mundo informado:

"E no dia dez o Isaac Christopherson completou impressionantes noventa e sete anos! Muitas felicidades! No mês que vem teremos seis aniversariantes. Fiquem de olho no *Beverly Home News* pra descobrir quem são eles!"

Os quartos ficavam num corredor curvo que dava uma volta completa, até você encontrar de novo a primeira porta que tinha visto. Às vezes ele parecia dar mais uma volta numa espiral cada vez mais estreita que ia encolhendo e avançando na direção do centro de tudo, que era o quarto pelo qual você tinha começado — qualquer quarto, o quarto do homem que aconchegava os cotocos das pernas como bichos de estimação debaixo da colcha ou o quarto da mulher que gritava "Meu Senhor? Meu Senhor?" ou o quarto do homem que tinha pele azul ou o quarto do homem e da mulher que já não se reconheciam mais.

Eu não passava muito tempo lá — eram dez, doze horas por semana, por aí. Eu tinha outras coisas pra fazer. Eu procurava um emprego de verdade, frequentava um grupo de apoio para viciados em heroína, eu sempre aparecia no Centro de Recepção de Alcoólatras da região, eu fazia caminhadas na primavera do deserto. Mas eu pensava no corredor circular da Beverly Home como o lugar ao qual, entre uma vida que a gente tem neste mundo e outra, a gente volta pra confraternizar com as outras almas que estão esperando pra nascer.

Nas noites de quinta, eu costumava ir a uma reunião do AA que acontecia no subsolo de uma igreja episcopal. A gente ficava sentado diante de umas mesas dobráveis parecendo pessoas presas num pântano — batendo em coisas invisíveis, se contorcendo, tremelicando, coçando o próprio braço, a própria nuca. "Eu ficava sempre andando por aí à noite", um cara disse, um cara que se chamava Chris — era meio que meu amigo, tínhamos passado um tempo juntos no centro de desintoxicação —, "completamente sozinho, todo fodido. Vocês já ficaram andando assim e passaram pelas casas, pensando que atrás daquelas cortinas as pessoas estão vivendo uma vida normal, feliz?" Essa era uma pergunta retórica, era parte do que ele falava quando chegava sua vez de falar alguma coisa.

Mas eu me levantei, saí andando e fiquei parado na frente da igreja, fumando um cigarro horrível com baixo de teor de alcatrão, minhas tripas se revirando com palavras ininteligíveis, até que a reunião acabou e eu pude implorar pra alguém me dar uma carona de volta para o meu bairro.

Quanto ao casal menonita, a essa altura já dava pra dizer que nossas agendas estavam sincronizadas. Eu passava muito tempo na frente da casa deles, depois que o sol se punha, na escuridão que ia ficando cada vez mais fria. Nesse horário qualquer janela me servia. Eu só queria ver os dois juntos na casa deles.

Ela estava sempre com uma saia longa, sapatos sem salto ou tênis, meias brancas delicadas. Sempre usava o cabelo preso com grampos e um solidéu branco. Seu cabelo, quando não estava molhado, era bem louro.

Cheguei a um ponto em que eu gostava de vê-los sentados na sala de jantar conversando, conversando quase nada, lendo a Bíblia, fazendo uma oração antes de comer, jantando na copa, tanto quanto gostava de vê-la pelada no chuveiro.

Se eu quisesse esperar até ficar escuro o suficiente, eu podia me postar junto da janela do quarto sem que me vissem da rua. Muitas noites eu ficava lá até eles dormirem. Mas eles nunca faziam amor. Eles ficavam lá deitados e nunca chegavam nem a se tocar, até onde eu sabia. Meu palpite era que naquele tipo de comunidade religiosa eles tinham que seguir um calendário ou alguma coisa assim. Quantas vezes permitiam que eles tivessem contato um com o outro? Uma vez por mês? Ou uma vez por ano? Ou só com o propósito de ter filhos? Comecei a me perguntar se eles preferiam a manhã, se eu não deveria ir até lá de manhã. Mas aí estaria muito claro. Eu estava ansioso para pegá-los no ato o quanto antes, porque hoje em dia eles dormiam com as janelas abertas e as cortinas levemente separadas. Não ia demorar muito para ficar quente demais; eles iam ligar o ar-condicionado e se trancar em casa.

Depois de um mês, ou quase isso, a noite específica em que a ouvi gritando chegou. Tinham saído da sala minutos antes. Não pareceu que tinham tido tempo de tirar a roupa. Pararam de ler o que estavam lendo pouco tempo antes e desde então conversavam baixinho, ele deitado no sofá e ela sentada na poltrona que ficava perpendicular a ele. Naquele exato momento ele não parecia ter nenhuma vocação para amante. Não parecia excitado, e sim um pouco nervoso, batendo de leve uma mão livre na mesa de centro, balançando-a enquanto conversavam.

Só que agora eles não estavam conversando. Era quase como se ela estivesse cantando, como eu a ouvira fazer tantas vezes quando pensava estar sozinha. Fui correndo da janela da sala para o quarto.

Eles tinham fechado a janela do quarto, e as cortinas também. Eu não conseguia escutar o que estavam falando, mas ouvi o estrado da cama, disso tive certeza, e os gritinhos lindos dela. E não demorou para ele também começar a gritar, feito um pastor pregando no púlpito. Enquanto isso eu estava ali, à espreita no escuro, invadido por um tremor que saía da boca do estômago e chegava à ponta dos dedos. Cinco centímetros de fresta de cortina, era só a isso que eu tinha direito, só isso mesmo, ao que tudo indicava, no mundo inteiro. Eu tinha direito a um canto da cama, e a sombras que se mexiam numa fina faixa de luz que vinha da sala. Eu me senti injustiçado — não estava tão quente assim nessa noite, outras pessoas deixaram as janelas abertas, eu ouvia vozes, música, mensagens vindas das televisões, e os carros delas passando e os irrigadores de jardim chiando. Mas dos menonitas quase nada. Eu me senti abandonado — excluído do grupo. Eu estava a ponto de quebrar a vidraça com uma pedra.

Mas os gritos já tinham cessado. Tentei o outro canto da janela, no qual as cortinas estavam mais cerradas, e, embora o campo de visão fosse mais estreito, o ângulo era melhor. Desse lado eu conseguia ver as sombras se mexendo na luz que vinha da sala. Eis que eles não tinham sequer chegado à cama. Os dois estavam em pé. Não enroscados de um jeito sensual. Era mais provável que estivessem brigando. O abajur do quarto se acendeu. Aí uma mão puxou a cortina para o lado. Foi assim que me vi frente a frente com ela.

Pensei em correr, mas o susto foi tanto que fiquei enjoado e de repente desaprendi a andar. Mas no fim das contas não fazia diferença. Meu rosto não devia estar a meio metro do dela, mas estava escuro e ela provavelmente só estava vendo o próprio reflexo, não minha cara. Ela estava sozinha no quarto. Continuava toda vestida. Senti o mesmo frio na barriga que me vinha quando calhava de passar por um carro abandonado em algum lugar com um violão ou um casaco de camurça no banco da frente e pensava: mas qualquer pessoa podia roubar isso.

Fiquei parado no lado escuro e inclusive não conseguia vê-la muito bem, mas tive a impressão de que ela estava chateada. Pensei que a ouvia chorar. Eu estava tão perto que podia ter alcançado uma lágrima. Eu tinha quase certeza de que, naquela escuridão em que eu estava, ela não conseguiria me ver, a não ser que eu me mexesse, talvez, então fiquei sem me mexer enquanto ela levava a mão à cabeça e tirava o chapeuzinho, o solidéu, num gesto inexpressivo. Fiquei olhando seu rosto sombrio até ter certeza de que ela estava triste — mordendo o lábio inferior, olhando para o nada e deixando as lágrimas escorrerem pelo rosto.

Em pouco mais de um minuto o marido voltou para o quarto. Ele deu alguns passos e de repente parou, como se fosse uma pessoa, um lutador de boxe ou um jogador de futebol, talvez, que estava machucada e tentava andar. Eles tinham brigado e ele estava arrependido; isso ficou claro pela forma como ele parecia ter uma palavra emperrada na mandíbula, meio que segurando o pedido de desculpa na mão. Mas a esposa não queria dar o braço a torcer.

Ele resolveu o impasse se ajoelhando e lavando os pés da mulher.

Primeiro ele saiu mais uma vez do quarto, e depois de um tempo voltou com uma bacia, uma coisa de plástico amarelo feita para lavar a louça, carregando-a com tanto cuidado que ficou claro que havia água lá dentro. Ele estava com um pano de prato sobre um dos ombros. Colocou a bacia no chão e agachou, apoiando-se em um joelho, com a cabeça baixa, como se fosse pedi-la em casamento. Ela ficou sem se mexer talvez por um minuto inteiro, o que me pareceu um tempo muito longo ali de fora, no escuro, com uma grande solidão e o terror de uma vida que ainda não tinha sido vivida, e as TVs e os irrigadores de jardim fazendo o barulho de mil vidas que nunca seriam vividas, e os carros passando com o som do trajeto, do movimento, intocáveis, inalcançáveis. Aí ela se virou na direção dele, tirou os tênis, esticou o braço para alcançar um calcanhar erguido, depois o outro, e tirou as pequenas meias brancas. Ela mergulhou o dedão direito na água, depois o pé inteiro, que desapareceu na bacia amarela. Ele pegou o pano que estava sobre o ombro, sem nunca erguer a cabeça para olhar a esposa, e começou o processo.

A essa altura eu não estava mais namorando a beldade mediterrânea; estava saindo com outra mulher, que tinha tamanho normal, mas por acaso era aleijada.

Quando criança ela havia tido encefalite — a doença do sono. Ela a tinha cortado no meio, como um derrame. Seu braço esquerdo não servia pra quase nada. Ela conseguia andar, mas era coxa da perna esquerda, balançando-a atrás de si a cada passo que dava. Quando ela ficava animada, e isso acontecia principalmente quando fazia amor, o braço paralisado começava a tremer e depois se levantava, pairando numa saudação milagrosa. Ela começava a praguejar feito um marinheiro, xingando só com um lado da boca, o lado que a paralisia não tinha travado.

Eu dormia na quitinete dela uma ou duas vezes por semana, e ficava até a manhã seguinte. Quase sempre acordava antes dela. Geralmente eu trabalhava no jornalzinho da Beverly Home enquanto as pessoas lá fora, na claridade do deserto, se divertiam na piscina minúscula do condomínio. Ficava sentado diante da mesa de jantar dela com papel e caneta e consultava minhas anotações, escrevendo: "Comunicado especial!

No sábado, 25 de abril, às 18h30, um grupo da Igreja Batista do Sul de Tollson vai fazer um concurso bíblico para os residentes da Beverly Home. Vai ser muito interessante. Não percam!".

Ela ficava um tempo na cama, tentando dormir mais, sem querer soltar aquele outro mundo. Mas logo ela levantava, galopando na direção do banheiro com o corpo meio enrolado no lençol, arrastando aquela perna em sua órbita violenta. Nos primeiros minutos depois de ela acordar de manhã a paralisia sempre ficava um pouco pior. Era desagradável, mas muito excitante.

Quando ela levantava, tomávamos café, café solúvel com leite desnatado, e ela me contava sobre todos os homens que tinha namorado. Ela tinha namorado mais gente do que qualquer pessoa que eu conhecia ou tivesse ouvido falar. A maioria deles tinha morrido jovem.

Eu gostava desse tempo que passávamos na cozinha nessas manhãs. Ela também gostava. Geralmente estávamos pelados. Seus olhos emanavam um certo brilho enquanto ela falava. E depois fazíamos amor.

O sofá-cama que ela tinha ficava a dois passos da cozinha. Dávamos esses passos e nos deitávamos. Os fantasmas e a luz do sol pairavam ao nosso redor. Memórias, pessoas que amávamos, todo mundo nos observava. Um trem tinha matado um dos namorados dela — ele estava enguiçado no trilho, achando que ia conseguir fazer o motor pegar antes de ser atingido, mas se enganou. Outro despencou por entre mil arbustos nas montanhas do norte do Arizona, parece que trabalhava podando árvores, e rachou a cabeça. Dois morreram servindo a Marinha, um no Vietnã e outro, um garoto mais novo, num acidente inexplicável de um carro só, logo depois de terminar o treinamento básico. Dois eram negros: um morreu de tanto usar droga e outro foi esfaqueado na cadeia — mas não com uma faca, e sim com uma ferramenta de carpintaria. A maior parte dessas pessoas morreu muito tempo depois de tê-la deixado e seguido seus caminhos solitários. Gente como nós, só que mais azarada. Eu me sentia invadido por uma pena cheia de ternura por esses homens quando estávamos naquela salinha ensolarada, triste porque eles nunca mais iam viver, bêbado de tristeza, eu sempre queria mais.

No tempo que eu passava na Beverly Home, os funcionários de período integral faziam suas escalas, e muitos deles se reuniam, alguns chegando, outros indo, na cozinha, onde o ponto ficava. Eu sempre entrava lá e flertava com uma das enfermeiras bonitas. Eu estava começando a me acostumar a viver sóbrio, e aliás muitas vezes ficava meio confuso, principalmente porque o dissulfiram que eu tomava me causava um efeito muito incomum. De vez em quando ouvia vozes resmungando na minha cabeça, e muitas vezes o mundo parecia se crestar nas pontas. Mas a cada dia meu estado físico melhorava um pouco mais, eu estava voltando a ser bonito, e estava mais disposto, e, no fim das contas, essa foi uma fase boa.

Toda aquela gente bizarra, e eu ali no meio, ficando a cada dia melhor. Eu nunca tinha pensado, nunca tinha sequer imaginado, que houvesse lugar pra gente como nós.

Jesus' Son © Denis Johnson, 1992. Todos os direitos reservados.

Todos os direitos desta edição reservados à Todavia.

Grafia atualizada segundo o Acordo Ortográfico da Língua Portuguesa de 1990, que entrou em vigor no Brasil em 2009.

capa
Flávia Castanheira
imagem de capa
Man in Steam, Ralph Gibson
preparação
Erika Nogueira Vieira
revisão
Ana Alvares
Tomoe Moroizumi

Dados Internacionais de Catalogação na Publicação (CIP)
―――――――――――――――――――――――――――――――――――――――

Johnson, Denis (1949-2017)
  Filho de Jesus / Denis Johnson ; tradução Ana Guadalupe. — 1. ed. — São Paulo : Todavia, 2023.

  Título original: Jesus' Son
  ISBN 978-65-5692-374-1

  1. Literatura norte-americana. 2. Contos. 3. Entorpecentes. 4. Drogas. 5. Vício. I. Guadalupe, Ana. II. Título.

CDD 813
―――――――――――――――――――――――――――――――――――――――

Índice para catálogo sistemático:
1. Literatura norte-americana : Contos 813

Bruna Heller — Bibliotecária — CRB 10/2348

todavia
Rua Luís Anhaia, 44
05433.020 São Paulo SP
T. 55 11. 3094 0500
www.todavialivros.com.br

fonte
Register*
papel
Pólen bol 90 g/m²
impressão
Geográfica